동아
COMMUNICATION
GROUP

동아
COMMUNICATION
GROUP

동아

COMMUNICATION

GROUP

동아
COMMUNICATION
GROUP

인생 2막,
섬나라 재벌로!

인생 2막, 섬나라 재벌로! 9권(완결)

초판 1쇄 인쇄일 | 2021년 9월 6일
초판 1쇄 발행일 | 2021년 9월 10일

지은이 | 일필
펴낸이 | 박성면
펴낸곳 | (주)동아

출판등록 | 제406-2007-000071호
주소 | 경기도 파주시 문발로 115 세종대학교출판부 206호
전화 | (031)8071-5201
팩스 | (031)8071-5204
E-mail | lion6370@hanmail.net

정가 | 8,000원

ISBN 979-11-6302-528-3 (04810)
ISBN 979-11-6302-470-5 (Set)

DONG-A MODERN FANTASY STORY

일필 현대판타지 장편소설

인생 2막, 섬나라 재벌로!

동아
COMMUNICATION GROUP

인생 2막,
섬나라 재벌로!

목차

인생 2막,
섬나라 재벌로!

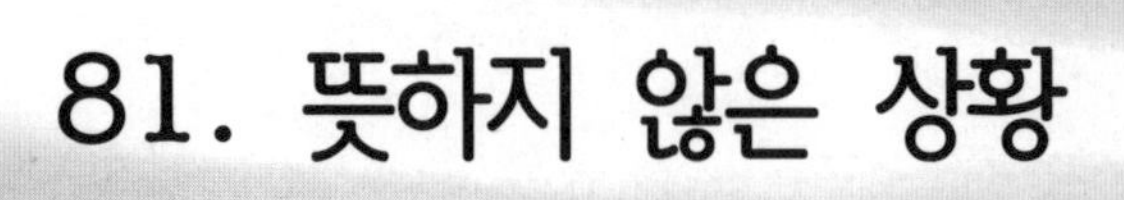

81. 뜻하지 않은 상황

인생 2막,
섬나라 재벌로!

인도네시아를 대신해 태국과 협력하는 것도 나쁘지 않은 일이었다. 한국의 전투기 개발 사업은 모두를 깜짝 놀라게 만드는 성과를 냈지만 아직도 확신을 주지는 못하고 있다.

하기야 미국이 개발한 최신형 전투기도 허점투성이고 유럽 국가들이 공동으로 개발한 유로파이터는 개발에 참여한 국가들이 폭탄 돌리기를 하고 있는 실정이다.

갈 길이 먼 KF-21도 예외일 수는 없으며 누가 뭐래도 가장 큰 걸림돌은 엔진 개발이라고 봤다. 금방 개발할 수 있을 것 같지만 직접 눈으로 보지 않고 신뢰할 국가는 없다.

"지나칠 정도로 냉혹한 국제 질서와 다르지 않지!"

"인도네시아가 신의를 저버린 게 한두 번이 아니잖아요. 어림도 없는 뻔뻔한 추가 조건을 내걸고 잠수함 사업도 계약해 놓고 몇 년이 지나도록 계약금도 입금하지 않았잖아요!"

"그야말로 깽판을 쳤지. 한국인들이 정이 많아도 한 번 돌아서면 얼마나 냉정한지 모르는 거지!"

"그러니까요! 엔진을 자체개발하면 상황은 급변할 수밖에 없잖아요. 기왕이면 태국과 협력하면 좋을 것 같아요."

"일단 총리의 반응을 좀 보자고. 한두 푼 들어가는 사업이 아니니까."

인도네시아는 한국하고만 불편한 게 아니었다.

주변 나라들과 매우 불편한 사이인데, 특히 말레이시아와는 한일 관계처럼 물과 불의 관계다. 때문에 인니가 KF-21 사업에 뒤통수를 칠 때, 가장 먼저 손을 내민 나라가 말레이시아다.

다만 사업 규모가 워낙 커서 쉽게 매칭이 되기 어려웠는데, 태국과 함께 참여한다면 부담을 덜 수 있어 긍정적이었다.

어차피 두 국가 모두 노후 전투기 교체가 시급하고 한국의 방산 물자를 수입한 경험도 있어서 매우 좋은 상황이라고 볼 수 있었다.

"ST1의 설계가 벌써 끝났단 말이오?"

"네. 곧 시제품이 나올 텐데, 영국의 재블린, 미국의 레드아이와 스팅어, 그리고 러시아의 이글라의 장점을 고루 섞은 휴대용 미사일입니다."

"그게 바로 한국의 케이론(신궁의 수출명) 아닌가?"

"케이론과 다른 점은 대공뿐만 아니라 대전차용으로도 활용이 가능하다는 겁니다. 최적화된 레이더만 장착한다면."

"육로로 쳐들어올 적국은 없지만 그래도 매우 좋은 기능 확장이로군. 그럼 언제쯤 시험 발사를 할 수 있을까?"

티라뎃 총리는 정말 아이처럼 환하게 웃으며 기뻐했다.

군 장성 출신 아니랄까 봐 설계도를 꼼꼼히 보고 시뮬레이션 영상까지 몇 번이나 돌려보는 바람에 시간이 꽤 걸렸다.

하지만 시간이 금인 소이치로는 조금 기다렸다가 바로 다음 화제로 넘어갔는데, 그건 태국 최초의 방공망을 형성할 수 있는 중거리 대공미사일에 대한 것이었다.

"호크 미사일처럼 수십 킬로미터를 날아가는 중거리 미사일이라니……. 비등한 모델명이 뭐였지?"

"미국의 나이키나 호크, 러시아의 비티아즈, 그리고 한국의 M-SAM 천궁 미사일과 같은 등급입니다.”

“오! 그건 ST1과는 비교도 할 수 없는 대형 무기 아닌가?”

“아무래도 대형 탑재 차량이 필요하고 다양한 첨단 군사 기술들이 활용되기 때문에 체급부터 다르다고 볼 수 있죠.”

“SSL이 관련 기술을 모두 가지고 있단 말인가?”

“그렇지는 않습니다. 일부는 저희가 강점을 가지고 있고 제작 능력도 갖췄지만 상당 부분은 협력해야 합니다. 천궁 미사일을 만든 한국 기업들과 손을 잡을 생각입니다.”

“오호! 좋군, 좋아!”

티라뎃 총리는 비슷한 연배에서는 보기 드물게 한국에 대한 인식이 매우 좋은 인물이었다. 그런 이유로 T-50 고등훈련기를 수입해 활용하고 있으며 만족도도 상당히 높다.

사실 SSL이 아니었다면 이런 방위 사업 자체가 불가능하며 무기는 수입에 의존할 수밖에 없다. 무기라는 것이 시간이 지나면 폐기해야 하는 소모품이고 날로 발전하고 있기에 웬만한 국력으로는 자주국방을 위한 시스템을 갖추기 어렵다.

그런데 호박이 넝쿨째 굴러들어 온 것이다. 하지만 오랜

노하우가 축적되지 않은 신생 기업이라서 기대만큼의 결과를 내기는 어려울 것이라고 봤다.

그런데 총기류부터 시작해 눈에 띄는 성과를 내기 시작했고 그것에 고무된 나머지 사방에 자랑한 상황이다. 때문에 소이치로가 가져온 소식은 그를 완전히 매혹시켰다.

"쿤디. 필요한 자금은 얼마든지 요청하게. 우선적으로 지원하라고 지시해 두겠네. 하하하!"

"저도 솔직히 이렇게 빨리 결과가 나올 줄은 몰랐습니다. 이게 다 폰타나 사장의 현명한 대처와 불굴의 의지에서 비롯된 것입니다."

"아! 우리 태국인의 개가로군. 폰타나, 같이 식사합시다."

"네. 안 그래도 드릴 말씀이 있습니다."

총리가 정해진 일정을 미루고 식사를 제안했다.

차논을 만나러 가야 하지만 미룰 수밖에 없었다. 총리가 기쁨을 감추지 못하며 무엇이라도 해 줄 것 같은 분위기였기에 아쉬운 이야기를 꺼내기 적절한 타이밍이라고 봤다.

일본 기업들이 선점하고 좀처럼 시장 진입을 허용하지 않는 몇몇 분야에 대한 공정한 경쟁이 요구되던 차였다. 그에 대한 긍정적인 결과를 얻어내자마자 폰타나가 KF-21에 대한 이야기를 꺼냈다.

그도 지대한 관심을 가지고 있었으나 인도네시아의 자리

를 대신하는 것에는 부담을 가지고 있었다. 그러나 자체 엔진 개발이 가능하다는 말에 눈빛이 변했다.

"결국 또다시 한국이 해낸 건가?"

"폰타나의 연구팀이 실마리를 찾았습니다."

"SSL이?"

"네. 한국이 해결하지 못한 부분의 해법을 찾았습니다. 서로 협력할 수 있는 여지가 마련된 거죠. 자세한 내용은 폰타나에게 직접 들으시죠."

무려 1조 5000억을 투자해야 한다.

태국 국방예산을 고려하면 쉽게 답을 할 수 없는 초대형 사업이다. 하지만 티라뎃 총리는 말레이시아와 함께하는 것도 내키지 않아 했다.

자금 조달 계획부터 확인해야 하는데, 그는 내용을 알게 되자마자 바로 확고한 의지를 드러냈다. 무슨 수를 쓰든지 인도네시아처럼 치사한 짓은 하지 않을 테니 구체적인 협상을 진행하자는 의향을 밝혔다.

그런 결정에는 SSL이 진행하고 있는 자주국방 프로젝트도 크게 영향을 미친 게 분명했다.

"너무 쉽게 대답을 해서 놀랐어요."

"물 들어올 때 노를 저어야 한다는 것을 아는 거죠. 일전에 독대했을 때도 느꼈는데, 정무 감각이 매우 뛰어난 사람인 것 같습니다."

"정치권은 물론 국민들까지 설득할 자신이 있는 거죠."

"정치적 입지를 다지는 데 오히려 도움이 될 겁니다. 국가의 부강을 바라지 않는 국민은 없으며 자존심이 강한 태국인들이 최근 주변 나라들의 경제 성장에 상대적 박탈감을 느끼고 있는 것도 사실이니까요."

"호호호! 그건 그렇죠."

인도네시아 반도에 속한 나라들은 수없이 서로 싸우며 패권을 주고받았다. 2차 대전을 기점으로 가장 먼저 치고 나온 태국은 주변 국가들의 부러움을 살 높은 위상을 누려왔다.

하지만 인구를 앞세운 인도네시아, 탈중국의 혜택을 받고 있는 베트남 등이 가파른 경제 성장을 거두며 추격하자 태국은 현실을 돌아보지 않을 수 없었고 지금껏 알맹이 없는 성장이었다는 사실을 깨달았다.

그 근간에 일본의 사악한 수법이 동원되었음을 확인하고는 주체적인 경제 개발 계획을 수립하고 적극 진행 중이다.

중요한 것은 민심의 이반이었다. 부익부 빈익빈이 날로 극심해져 공정과 정의에 대한 열망이 쏟아지고 있다. 그걸 적절히 무마하고 긍정적인 힘을 얻을 좋은 기회라고 본 것이다.

"태국이 강력해지면 패권적인 행보를 보이지 않을지, 그게 가장 큰 걱정입니다."

"전쟁을 벌인다고요?"

"고토 회복은 시대를 막론하고 정치인들을 유혹하는 가장 큰 명제이기 때문입니다. 일전에 그런 의향을 밝힌 적도 있고 주변 미얀마, 라오스, 캄보디아가 약소국이라는 점도 그런 욕망을 부추길 가능성을 높입니다."

"전쟁은 안 되죠! 그게 걱정되면 기술정보를 차단하면 되죠. 저부터도 보안에 각별히 신경을 쓸게요."

군산업체를 운용하면 전쟁이야말로 성수기가 된다. 수요도 급상승할뿐더러 수익도 극대화할 수 있기 때문이다.

실제로 지구상에서 벌어진 적잖은 전쟁들이 복합군산업체의 이익이 결부된 돈 잔치였다는 분석도 존재한다.

하지만 그건 소이치로가 원하는 바가 아니다. 현재 SSL의 군수 사업은 비중이 작은 편이며 전쟁으로 인해 악영향을 받을 가능성이 훨씬 높기 때문이다.

또한 아무 힘도 없는 무고한 국민들의 희생을 막아야 한다. 침략과 탄압으로 점철된 과거를 딛고 일어난 한국인으로서 국방은 침탈의 수단이 아닌 평화를 위한 의지임을 명확히 할 필요가 있었다.

* * *

"평안하셨습니까?"

"신수가 훤하군. 그렇게 좋나?"

"하하하! 네. 영혼의 짝을 만난 것 같습니다."

"오호! 영혼의 짝이라……. 여러 의미가 함축된 것 같은데?"

"네. 그녀의 바다는 넓고 깊었습니다. 주체하기 힘든 제 기운을 다 수용하고 남을 정도로. 하하하!"

차논을 만났다.

그는 못 본 사이 부쩍 나이가 들어 보여 마음이 편치는 않았다. 하지만 여든을 앞둔 노령을 거스를 수는 없는 법, 평온한 노후를 바라는 수밖에 없어 안타까웠다.

그가 가장 먼저 관심을 보인 것은 연이채와의 관계였다. 아무래도 두 핏줄의 장래와 연관되어 있기 때문에 어쩔 수 없다는 것은 알고 있다.

하지만 인륜을 저버리는 행위는 납득할 수 없음을 진즉부터 밝혀 왔고 연이채와의 인연이 깊고 궁합마저 좋음을 강조함으로써 불필요한 얘기는 차단하고 싶었다.

"세상일은 장담할 수 없는 법이지."

"어르신. 그렇게 두루뭉술하게 말씀하시지 말고 제가 미처 깨닫지 못한 것이 있다면 말씀해 주십시오."

"자네는 선택된 운명이잖은가!"

"제가 의도한 바는 없습니다."

"그럼 다 버리고 무위로 돌릴 수 있나?"

"그럴 것 같으면 제게 인생 2막이 열리지 않았겠지요."

"그러니까 정해진 운명을 받아들이라는 걸세. 인간의 통상적인 규례에 얽매이지 말고."

다른 그 어떤 것에도 이견을 낸 적이 없는 그다.

하지만 여자 문제에 대해서는 좀처럼 대화가 통하질 않았다. 그게 단지 자신의 핏줄에 대한 미련이라고는 생각지 않지만 얼마든지 극복할 수 있는 문제라고 생각했다.

그런데 이번에는 보다 강하게 언급했다.

아마도 시간이 흐르면 자연스럽게 인연들이 얽힐 것이라고 본 것 같은데, 실상이 그렇지 않아 답답해하는 것 같았다.

그러나 소이치로도 양보할 의사는 없었다.

오랜만에 만난 그와 불편해지기 싫어 더는 대꾸하지 않았는데, 그의 입에서 귀에 담기 거북한 말이 튀어나왔다.

"내가 본 자네 운명에는 여자가 많아."

"하하하! 몇 명이나 되는데요?"

"대략 열 명은 넘지."

"왜 이러십니까. 하하하!"

열 여자 싫어할 남자 없다고 했던가!

하지만 지금 이 순간만큼은 그렇지가 않았다.

열 명이라니?

이미 두 명의 여자를 떠나보냈다.

세 번째 여인도 과분하다 못해 이래도 되나 싶은데, 열 명이 넘는다는 말에 기가 막혔다. 하지만 그런 심정을 알고 있을 차논의 이어진 말은 생각할 여지를 남겼다.

"이런 말을 하는 것이 나도 가슴 아프지만 자네가 주어진 운명을 거부하면 더 큰 아픔이 닥칠 것 같아서 걱정스러워."

"더 큰 아픔이라니요?"

"그러니까 보다 열린 마음을 가지라고 권하고 싶어."

"지혜롭게 대처하겠지만 뜻을 굽히고 싶지는 않습니다."

"자네 아들이 미국에서 야구 선수로 대성하고 있다는 말을 들었어. 그 녀석을 자네 후계자로 삼을 수는 없지 않나!"

"안 된다는 법은 없습니다."

"온당한 처사는 아니지. 그 아이는 한국인의 피를 타고

났고 자네의 몸은 아유카와 가문의 것이잖은가! 자네가 이룬 많은 것을 물려줄 수는 있지만 아유카와 가문의 것은 그 가문의 피를 이어받은 후손에게 물려줘야 하지 않을까?"

그건 틀린 말이 아니다.

현우가 능력이 되지 않는다면 과분한 것을 물려줄 마음은 추호도 없다. 하지만 이미 녀석의 특출한 재능을 확인했다.

지금은 본인이 강하게 원했던 꿈을 이루고 있지만 때가 되면 역할을 맡기고 제 그릇에 맞는 유산을 물려줄 것이다.

하지만 아무리 대단한들, 아유카와 가문의 후계자는 될 수가 없다. 나오미 여사가 간절히 아들을 낳으라고 원한 이유도 대가 끊기는 것에 대한 두려움이 매우 크기 때문일 것이다.

갓 서른이 되었을 때도 안달을 하더니 이제 30대 중반으로 다가가고 있기 때문에 고집까지 버린 모습을 보였다.

"저와 연 이사 사이에 자식 복이 안 보이십니까?"

"내가 그런 천리를 어찌 알겠나. 하지만 분명한 것은 그녀의 바다가 아무리 넓고 깊어도 과거의 인연이야. 거기에 얽매여 운명을 거스르는 선택에 목을 매지는 않길 바라네."

"다복한 가정을 원한다면 생각을 바꾸라는 말씀이군요."

"대체 무엇을 위해 그렇게 열심히 사는 건데? 그냥 속 편하게 살아도 되잖아. 한 번 생각해 봐."

늦게 도착하기도 했지만 그래도 모처럼 만난 그와 다양한 의견을 나누고 조언도 구하고 싶었다.

하지만 생각지도 못한 화제를 나눴고 결국 나란히 누워 태국 정통 마사지를 받게 되었다. 이미 수차례 의지를 밝혔던 터라 또다시 이 문제를 거론하게 될 줄은 몰랐다.

특히 연이채와 동거를 시작했고 결혼을 염두에 두고 대화까지 나눈 마당에 그의 언급은 안타깝고 답답하게 만들었다.

그래도 마음이 복잡할 수밖에 없어 편안하게 안마를 받으며 생각을 정리하고자 했다. 그런데 뜻하지 않은 상황이 빚어졌다.

잡념이 가라앉나 싶더니 이내 숙면에 빠졌다.

그리고 오묘한 꿈을 꿨다. 그런 애매모호한 표현을 쓸 수밖에 없는 이유는 달콤한 느낌은 진하게 남았지만 아무것도 기억할 수가 없었기 때문이다.

더없이 좋은 컨디션이 의문이었지만 그건 전에도 받아봤던 정통 마사지의 효능이라고 생각했다.

다음 날 아침, 소이치로는 차논을 모시고 미얀마 양곤으로 향했다. 우 싸우 가문의 삼남매가 공항까지 마중을 나왔다.

“어서 오세요. 쿤디.”

“다들 반갑습니다. 여기 이분은…….”

“미얀마에 오신 것을 환영합니다. 찬타라 어르신!”

“우 가문의 자식들이 존경하는 어르신께 인사드립니다.”

“전 막내 피앙이라고 해요. 뵙게 되어 너무 기뻐요.”

“아버님은 평안하신가?”

“네. 어르신과의 만남을 기다리고 계세요.”

긴말이 필요 없었다.

사전에 차논과 함께 온다는 말을 전하긴 했다. 그래도 삼남매의 공손하고 깍듯한 태도는 예상보다 훨씬 정중했다.

하기야 부친이 존경하는 인물이며 소이치로와 연결된 것도 그의 존재 때문이었으니 이해할 수 있었다.

하지만 민훼, 낫, 피앙은 왔지만 우 마빈의 모습이 보이지 않는 것은 의문이었다. 부친에게 전권을 위임받은 책임자로서 마땅히 기다릴 것이라고 생각했기 때문이다.

숙소로 이동했는데, 피앙이 착 달라붙어 한 차에 탔다.

“쿤디. 감시가 붙었어요.”

"감시라니?"

"우리의 계획을 네윈 가문에서 눈치챈 것 같아요."

"대체 일을 어떻게 처리하는데 그런 불길한 말을 입에 담는 겁니까?"

"몽유와에 근무하고 있는 큰오빠가 갑자기 연락이 두절되었는데, 아무래도 중앙군부에 의해 구금된 것 같아요."

"아니. 그게 지금 말이 됩니까?"

공항에서 나오자마자 오가타의 연락이 왔다.

신원을 알 수 없는 이들이 따라붙었는데, 어떻게 처리할지 지시를 내려 달라는 보고였다. 일단 지켜만 보라고 했으나 마음 같아서는 그냥 차를 돌려 비행기로 돌아가고 싶었다.

아무래도 양곤은 안전이 보장되지 않는 낯선 타국의 도시였기 때문이다. 적어도 우 싸우 가문에서 안전은 보장할 수 있을 것이라고 봤는데, 장남인 우 샤오가 체포되었다니!

중요한 것은 몽유와가 우 가문의 주력부대가 위치한 그야말로 안방인데, 거기서 납치된 것부터가 말이 되질 않았다.

연락 두절이 되었다는 것이 중앙군부에 체포되어 구금으로 이어졌다는 말도 상식적이지 않았다. 그게 사실이라면 이렇게 함부로 돌아다니는 것부터 말이 되질 않는다.

"낫이 내일 네피도로 올라갈 텐데, 어떤 험악한 일이 기다리고 있을지 예상하기 힘들어 걱정이에요."

"그래서 마빈이 마중을 나오지 못한 겁니까?"

"네. 만달레이를 비롯한 본 가문의 위수지역에 1급 비상령을 선포하고 경계 태세에 돌입했거든요."

"이런! 당장 비상경계령을 풀고 자중하라고 전하세요. 아니, 그럴 게 아니라 전화를 연결해 바꿔 주십시오."

반갑게 만났건만 머리가 띵했다.

확인된 사실은 장남의 실종이 유일하다. 거기에 중앙군부의 끄나풀이 붙은 것 정도인데, 방위군에 경계 태세를 내린다면 사태를 악화시킬뿐더러 스스로 죄를 자복하는 셈이 아닌가?

그래서 당장 마빈과 통화를 시도했는데, 가장 친한 여동생 피앙이 연락을 했음에도 연결이 되질 않았다.

소이치로가 차논을 모시고 미얀마에 들어온 시점인 것을 알고 있을 텐데, 전화를 받지 않는 이유는 명확했다.

"어떡하죠? 마빈 오빠가 바쁜가 봐요."

"오가타. 지금 즉시 공항으로 차를 돌리십시오."

"공항 말입니까?"

"태국으로 돌아갈 겁니다. 운항 허가부터 받으라고 하세요."

"네. 대표님."

"쿤디. 갑자기 왜 그러세요?"

"이 지경이 되도록 왜 보고를 안 한 겁니까?"

"그게 워낙 갑작스럽게 일어난 일이라서 저희도……."

"난 믿을 수 없는 자들과 함께하고 싶지 않습니다. 이봐, 차 세워!"

핑계를 듣는 것조차 거부한 소 대표는 피앙에게 차에서 내리라고 말했다. 그 말은 그들 일가와 더는 말을 섞고 싶지 않다는 의미였다.

마빈이 추천한 3명은 똑똑하다. 하지만 상황이 이 지경이 되도록 방치했다는 사실과 마빈이 통화를 거부한 것은 그 어떤 이유로도 용납할 수 없었다.

자신을 배제하고 뭔가를 획책하고 있다는 의미였기에 그냥 묵과할 수 없었다. 급작스러운 상황 변화에 뒤차에 타고 있던 실리완이 소이치로의 차량으로 건너와 물었다.

"내리세요. 피앙!"

"……."

"보스. 무슨 일이세요?"

"어르신께 전하세요. 난 이런 한심한 작자들과 어울릴 마음이 없다고. 지금 당장 돌아갈 겁니다."

"네. 말씀 전할게요."

상상도 하지 못한 일이 벌어졌다.

한동안 일본 문제 때문에 신경을 쓰지 못한 것은 사실이다. 하지만 실리완과 최남식을 통해 보고 받은 것과는 전혀 다른 전개에 어이가 없었다.

가문의 적장자의 행방이 묘연하다는 것부터가 거짓이었다. 어느 가문이 장자를 잃고 가만히 있을 수 있단 말인가?

게다가 조금 전 공항에서 환하게 웃으며 인사를 나눴던 것은 또 뭐란 말인가?

"쿤디. 일단 호텔로 가시죠."

"내리라고 하지 않았습니까! 우리가 택시를 부를까요?"

"아, 아니요."

함께 움직인 차량이 4대였다.

세단 2대와 경호용 벤 2대.

소이치로는 우 가문 일행들에게 밴 1대에 옮겨 타라고 말하고는 그들이 차에 오르지 못하고 발을 동동 구르는 것을 보고서도 출발 지시를 내렸다.

공항으로 돌아올 때는 차논과 같은 차에 탔다.

설명이 필요했기 때문이다.

"이자들이 헛바람이 든 것 같습니다."

"허! 제 복을 걷어차는군!"

"착각을 하는 것 같습니다. 우리가 자신들을 돕는 것이 나중에 얻을 특혜 때문이라고 생각하지 않는다면 이래선 안 되죠."

"그래도 일단 대화를 해 봐야 하지 않을까?"

"그럴 수 없습니다. 이미 적잖은 투자를 해 놨기에 돌이킬 수 없을 것이라고 생각하는 것 같은데, 어이가 없네요."

차논은 더 이상 강요하지 않았다.

본인이 다리를 놨기 때문에 책임감을 느끼는 것 같았으나 믿는 도끼에 발등을 찍히고 보니 그도 상심이 컸던 것이다.

물론 확인된 사실은 아직 없다. 피앙의 깜찍한 생각을 읽은 것뿐인데, 그것만으로도 신뢰는 깨졌다.

아무리 소이치로가 막대한 자금을 댄다고 해도 우 싸우 가문이 권력을 장악하는 것은 쉬운 일이 아니다. 소이치로가 직접 나서서 상대의 수뇌부를 치지 않고 그냥 힘으로 맞선다면 이길 확률은 제로에 가깝다.

내키지는 않지만 마침 피앙을 노리는 아웅 대장군의 아들 때문에 자연스러운 기회를 포착할 수 있을 것 같아 지금까지 꾸준히 밑그림을 그려 왔다.

한 치의 빈틈도 허락되지 않는 상황인데, 자작극을 펼친 이유를 도무지 헤아릴 수 없었다.

"자넨 이들이 왜 이런 무리수를 뒀다고 보나?"

"권력욕 때문일 겁니다."

"아직 밥이 되려면 멀었는데?"

"그러니까 말입니다. 어디서 무슨 이야기를 들었는지 모르겠지만 제가 호랑이를 잡는 것이 어렵지 않다고 본 것 같고 그 이후를 대비해 세력을 규합하려는 것 같습니다."

"그럼 실제로 정보가 샜을 수도 있겠군!"

"그래서 양곤에 머물 수가 없다고 판단했습니다."

자초지종을 확인한 차논은 한동안 생각에 잠겼다.

하지만 곧 어디론가 전화하더니 상당히 긴 통화를 했다. 거침없이 현재 상황을 얘기하는 것을 보며 그가 이런 상황을 대비해 만약의 수를 준비해 뒀음을 알 수 있었다.

놀라지 않을 수 없었다.

예상치 못한 상황이 닥치자 소이치로는 일단 물러선 다음에 모든 정보를 취합하고 다음 행보를 결정하려고 했다.

하지만 노련한 차논은 차선책을 제시했다.

일단 공항에서 잡히는 것도 걱정했으나 그런 사태는 벌어지지 않았다. 만약 네윈 가문이 우 가문의 계획을 눈치챘다면 공항을 드나들 수가 없다.

"왜 이런 쪼잔한 수를 쓸까요?"

"내가 볼 때, 장남 우 싸오가 문제인 것 같아. 하지만 확인되기 전까지 추측은 무의미하고 일단 비행기를 띄우게."

"네. 송구합니다."

"그 말은 내가 해야지. 허허허!"

차논은 오랜 지기와의 인연이 이렇게 끝나는 것을 안타까워했다. 우 싸우라면 미얀마의 난국을 풀어 나갈 수 있으리라고 봤는데, 이상한 방향으로 전개되자 할 말을 잃은 것이다.

그러나 아직 관계가 끝난 것은 아니다.

자신이 직접 만나 본 우 싸우는 차논의 평과 다르지 않았으며 마빈과 세 동생들도 출중한 능력의 소유자였다. 불필요한 욕심을 부리지만 않는다면 재고의 여지는 남아 있었다.

그런데 비행기가 뜨자 차논은 태국이 아닌 미얀마 서부 해안도시인 시트웨로 가자고 했다. 의아했지만 소이치로는 그렇게 하라고 지시했고 그 이유를 듣게 되었다.

"테인 세인 가문의 장자인 슈에로부터 연락이 왔었어."

"CDS 그룹 회장 말입니까?"

"응. 그가 영민하다고 볼 수밖에 없는 것이 자네가 우 가문과 손을 잡은 것을 이미 알고 있더군!"

"정말입니까?"

"나로서는 긍정도, 부정도 할 수가 없어 그냥 얼버무리고 말았지. 그런데 자네가 일본에 가 있는 동안 날 찾아왔더군."

"펫차부리까지 왔었단 말입니까?"

"아니. 내가 봉사 활동을 하고 있는 미얀마 국경 파야똔주까지 찾아왔더군. 부담스럽게 선물을 잔뜩 들고."

왜 시트웨로 가는지 이젠 알 수 있었다.

테인 세인 가문의 근거지는 미얀마 북서부이며 마궤가 가문의 거점이다. 하지만 유통 사업은 시트웨를 중심으로 진행하고 있으며 거긴 여타 가문이 함부로 넘보지 못한다.

초청을 해도 군부의 최고 실력자인 민 아웅 장군이 거절할 정도로 확고한 위수지역이기에 양곤 공항의 허가가 없어도 그 지역으로 향할 수 있었던 것이다.

아예 민간 공항이 아닌 군 비행장에 착륙했다.

스마트폰이 쉴 새 없이 울려 댔고 급기야 마빈까지 연락을 해 왔지만 소이치로는 일체 받지 말라고 지시했다.

"어서 오십시오. 찬타라 아저씨."

"오랜만이군!"

"열흘밖에 되지 않았습니다. 미얀마에 오시면 꼭 좀 들러 달라고 청을 드렸는데, 이렇게 빨리 모실 수 있게 될 줄은 몰랐습니다. 하하하!

"그러게. 사람 일이란 한 치 앞도 내다보기 힘든가 봐. 허허허!"

마침내 테인 슈에를 만났다.

올해 49세인 그는 부친의 뜻을 이어받아 더는 중앙 정치에 관심을 두지 않고 사업체를 경영하고 있다.

제조업마저 취약한 미얀마이기에 그는 상당량의 생필품을 수입하고 있으며 역량을 쌓아 하나둘 공장을 설립하고 있다.

미얀마의 대표적인 수출품은 쌀, 콩, 면화 등의 농산물과 수산물, 그리고 목재와 광물, 석유인데, 돈이 되는 석유와 보석류 광물은 국영기업이 거의 독점하다시피 하고 있다.

그 와중에도 농수산물과 티크 목재를 전문으로 다루며 미얀마 사기업 중에는 손가락 안에 드는 대기업으로 분류가 된다.

"드디어 만났군요. 소이치로 대표님."

"반갑습니다. 예정에도 없이 불쑥 찾아와 실례가 된 건 아닌지 모르겠습니다."

"어허! 실례라니요! 제게 가장 만나고 싶은 사람을 한 명 꼽으라고 한다면 단연코 SSL 대표인 당신입니다."

"하하하! 좋게 봐주셔서 감사합니다."

"절대 입에 발린 말이 아닙니다. 일본 명문가의 후계자라는 것도 알고 있지만 저는 그보다 태국에서 진행하고 있는 제반 사업에 대해 매우 큰 관심이 있습니다. 굳이 말하자면 닮고 싶은 롤 모델이라고 해야 할까요?"

사람을 면전에 두고 이렇게 칭찬할 수도 있나 싶었다.

하지만 그의 얼굴에 가식은 한 조각도 비치지 않았다. 자리를 옮기는 와중에도 그는 왜 자신이 소 대표를 만나고 싶었는지 설명했는데, 크게 두 가지였다.

첫 번째는 거래를 트기 위해서였다.

이미 SSL의 상품들이 미얀마에 들어오고는 있지만 두세 단계를 걸쳐 극히 일부분만 들여오고 있는데, 아예 CDS가 전담하고 싶다는 의지를 비친 것이다.

두 번째는 SSL이 미얀마에 투자할 경우, 어떤 희생을 치르더라도 그것에 기여하고 싶다고 말했다. 궂은일도 도맡을 수 있으며 하청 공장을 세워 노동 효율이 높다는 것을 실증하겠다는 의사도 밝혔다.

"전 한국 기업이 미얀마에 투자하면 무조건 손을 잡을 요량이었습니다. 그런데 아직 미얀마에 대한 인식이 좋지 않은지, 먼저 요청을 해도 반응이 전혀 없더군요."

"그건 정치적인 불안으로 인한 리스크 때문일 겁니다."

"네. 저도 잘 압니다. 하지만 아무리 무식한 군인이라도 외국자본을 함부로 건드릴 수는 없습니다. 특히 한국 같은 강대국을 잘못 건드렸다가 무슨 보복을 당하려고 그런 답니까! 그건 과도한 우려입니다."

"입장을 바꿔 놓고 보면 그렇지 않습니다."

뜨거운 열정을 보인 것은 사실이었다.

특히나 동남아 국가 중에 한국에 대한 이미지가 가장 좋은 국가가 미얀마라는 것을 알고 있었기에 그의 평가는 기분 좋았다.

소이치로의 국적이 일본이라는 것을 알면서도 거침없이 그런 얘기를 꺼내는 것은 최근 행보에도 관심을 가지고 있다는 의미였다.

하지만 한국 기업들마저 차순위로 밀리게 만든 회사가 등장했는데, 그게 바로 SSL이었던 것이다.

외국인이 타국에 기업을 세워 그렇게 성공적인 결실을 맺고 있는 것이 믿기지 않을 정도였다고 했다.

"저희가 차는 아저씨처럼 창고가 많아 과감한 투자를 할 수는 없습니다. 다행히 SSL이 이젠 충분한 투자 여력을 갖췄고 생산지 다변화를 꾀할 단계가 되었기 때문에 저는 더없이 좋은 기회라고 판단했습니다."

"저희가 미얀마에 투자할 것이라는 예측은 어떻게 하신 겁니까?"

"그렇지 않다면 그 골치 아픈 일에 관여하지 않으셨겠죠. 아무리 신원이 확실하고 남다른 능력이 있어도 실패하면 반역죄로 다뤄질 수도 있습니다."

"하하하! 반역죄라고요?"

82. 테인 슈에

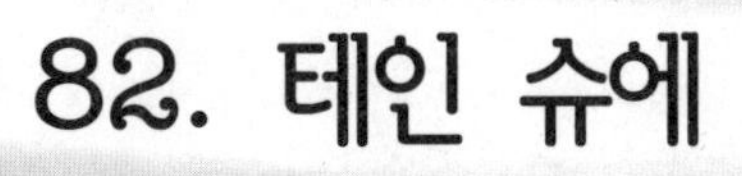

인생 2막,
섬나라 재벌로!

소이치로가 우 가문과 연계해 군부 권력을 조종하려고 계획한 것은 사실이다. 하지만 그건 슈에와 무관한 일이며 본인이 그 사실을 안다고 밝히는 것은 또 다른 문제다.

본인의 주장을 관철시키려는 압박일 수도 있고 자신의 능력을 보여 주는 행동일 수도 있다. 여하튼 반역죄라는 표현까지 꺼낸 것은 신경을 건드렸다.

그게 사실일지라도.

그래서 진의를 파악하는 시도를 하지 않을 수 없었다.

"슈에 회장이 안다면 이미 들통이 났다는 겁니까?"

"그렇지는 않습니다."

“그렇다면 어떻게 그런 정보를 접할 수 있는 거죠?”

“제가 대표님처럼 정보를 소중한 가치를 잘 알고 있기 때문입니다. 감히 단언하건데, 저희 CDS가 미얀마군 정보사령부보다 더 많은 정성을 쏟고 있습니다.”

“그만큼 불안하다는 의미일 수도 있죠. 긴말 필요 없고 현재 상황에 대한 회장님의 솔직한 견해를 듣고 싶습니다.”

관련된 다양한 정보를 취합한 그가 목적의식이 뚜렷하다면 나름 판단을 내릴 수 있을 것이라고 생각했다.

자신도 아직 결론을 내리지 못한 입장이었기에 그의 의견을 경청하는 것이 의미가 있다고 봤다.

그가 진심으로 협력을 원한다면 털어놓을 것이고, 이 와중에도 이익을 염두에 두고 계산적인 태도를 보인다면 아무리 출중한 인물이라도 함께하기는 어려울 것이라고 생각했다.

“다행히 네윈 가문과 마웅 가문은 권력의 단맛에 푹 빠져 있습니다. 일부 똑똑한 소장파 무관들이 특이 동향을 파악하고 충정 어린 보좌를 하고 있지만 배에 기름기가 잔뜩 낀 노장들은 다 귀찮게 여기죠. 얼마나 다행입니까.”

“다행이군요. 그렇다면 우 가문은 왜 엉뚱한 짓을 벌이는 겁니까?”

"다 잡은 고기라고 생각하는 것 같습니다. 절대 그렇지 않은데, 실패하더라도 제 위수지역은 지킬 수 있다는 오판을 한 것 같고 차후 포석을 준비한다고 봅니다."

"벌써 젯밥에 관심을 가진단 말입니까?"

"그 중심에 차남인 우 원이 있고 장남이라는 자가 들러리를 서는 것으로 보입니다."

우 원이라는 인물에 대해서는 처음 접했다.

가문의 적장자인 우 싸오는 좀처럼 드러나는 행보를 보이지 않으며 가장 강력한 군벌 세력이 주둔한 몽유와에 거하는 것으로 알고 있다.

그런데 그를 허수아비처럼 부리는 자가 있다니?

자신이 파악하고 있는 정보와는 차이가 많아 직접 물었고 슈에는 가감하지 않고 자신이 아는 바를 설명했다.

"우 원은 반골의 상을 타고난 자로 알려져 있으며 실제 나이는 싸오보다 더 많지만 출신이 미천해 가문에서 핏줄로 인정을 받지도 못했습니다. 하지만 스스로 싸오의 종복임을 자처해 형제로 받아들여졌으며 각종 논란이 많은 자입니다."

"능력은 있다는 거군요."

"비하할 의향은 없지만 정상이 아니라고 합니다."

"정상이 아니라는 말씀은 장애라도 가지고 있다는 겁니까?"

"네. 생김새부터 매우 비호감이라 남들 앞에 나서지도 않지만 괴이한 능력을 이용해 싸오의 신임을 얻었다고 압니다."

들으면 들을수록 이상했다.

차논의 오랜 지기이자 직접 만나 본 우 가문의 가주 미요키트는 차분하고 온화한 성정을 지녔으며 8번째 아들인 마빈에 대한 신뢰가 뚜렷했다.

그를 앞세워 모든 일을 처리한다고 생각했다. 하지만 장남의 존재는 무시할 수 없으며 군벌을 유지하고 후계자로서 고유한 책임만 감당한다고 판단했는데, 지금 슈에의 얘기를 들어 보니 자신의 판단과는 간극이 존재했다.

"그러니까 자식들끼리 파벌이 있다는 거군요."

"마빈이 부친의 절대적인 신뢰를 받지만 그건 파국을 막기 위한 노력이라고 보는 것이 더 적절합니다. 왜냐면 마빈의 형들은 야망을 숨기지 않는 과격한 자들이기 때문입니다."

"그 중심에 우 윈이 있는 거군요."

"그렇습니다. 그들의 행태가 어떤지 보고 싶다면 몽유와를 가 보면 압니다."

"그래야겠군요."

그들의 비인도적이며 패륜적인 행위를 언급하고자 했는

데, 소이치로가 직접 가 보겠다고 하자 슈에는 할 말을 잃었다.

위험을 경고한 자신의 말이 무색해졌기 때문이었다.

그의 당황한 모습에 소이치로는 감사를 표했다. 그로 인해 사태를 보자 정확히 파악할 수 있었으며 교차 검증도 가능해졌기 때문이었다.

일단 사뭇송크람에 있는 윤원호에게 연락해 자신이 파악한 것을 전달했고 그것에 기반해 보다 정확한 정보를 파악하라고 지시했다.

"그럼 우리 얘기를 좀 해 볼까요?"

"그럴 겨를이 있으십니까?"

"물론이죠. 보다 정확한 정보를 취합하고 적절한 대비를 마칠 때까지 안전이 보장된 이곳에 머물 수 있게 해 줘 고맙습니다. 일단 무엇을 할 수 있는지부터 볼까요?"

"저희 CDS를 돌아보시겠다는 겁니까?"

"제가 알기로 시트웨를 포함한 서부 해안에 상당히 넓은 지역에 공단이 분포한 것으로 아는데, 볼 수는 없는 겁니까?"

"왜 안 되겠습니까! 그저 너무 어설퍼서 창피할 뿐입니다."

실제로 그와 함께 차논까지 모시고 CDS 공단을 시찰했다.

서부 해안에 드넓게 펼쳐진 평야가 있다는 것은 이미 비행가를 타고 오면서 직접 눈으로 목격했다. 행정구역상으로는 라카인 주로 해발 3,063m의 빅토리아산을 포함하는 아라칸산맥은 버마족 지역과 분리된 별도의 나라처럼 느껴졌다.

더 놀라운 것은 일찌감치 사업을 시작한 테인 가문의 영향력이 기대 이상이었으며 개발이 기대되는 지역은 모두 사들이거나 개발 권리를 취득해 둔 상황이었다.

실로 무서울 정도로 만반의 준비를 해 뒀음을 인식할 수 있었다. 그럼에도 불구하고 그가 스스로 밝혔듯 많이 어설펐다.

"정말 굉장하군요."

"우측으로는 드높은 산맥이 병풍처럼 버티고 있고 좌측은 벵골만입니다. 천혜의 요지라고 할 수 있습니다."

"산이 아무리 높아도 전투기를 막을 수는 없고 바다로 들어올 군함이 상륙하기 쉽게 해안이 무척 길다는 것도 독립이 어려운 이유가 되겠군요."

"하하하! 날카롭기기도 하시지. 그래서 일찌감치 포기하고 장사에 뛰어든 거 아니겠습니까! 전 대표님의 솔직한 견해를 듣고 싶습니다."

"안타깝네요."

"네?"

"현재 우리 SSL이 위치한 태국 남부에서 이곳까지 오려면 대체 얼마나 돌아와야 하는 겁니까?"

바로 그것이었다.

육로로 오려면 태국 국경을 넘어 미얀마를 동에서 서로 관통해야 한다. 대략 계산해 봐도 대략 1,700km이며 미얀마의 열악한 도로 사정을 고려하면 물류의 흐름은 최악이었다.

미얀마 최대 도시인 양곤이 그 정중앙에 위치하기 때문에 굳이 시트웨로 실어 올 필요조차 없는 것이다.

또한 해상물류를 이용하려고 해도 타이만을 타고 쭉 내려가 말라카 해협을 통과한 뒤에 다시 버마해를 거쳐 올라와야 하기 때문에 한국까지 보내는 것보다 조금 짧았다.

"필요하다면 양곤이나 모물메인에 회사를 세울 수도 있습니다. 시트웨처럼 편하지는 않겠지만 미얀마 땅에 미얀마인이 회사를 세우는 것은 외국인보다 유리하죠."

"뭐든 협력할 의향이 있다는 말이군요."

"그렇습니다. 제가 알기로 이싼 지역과 라오스에 스마트팜 사업을 하고 계신다던데, 저희에게도 기회를 주시길 바랍니다."

"아! 그건 당장이라도 할 수 있겠군요."

소이치로는 다시 한 번 놀랐다.

그가 SSL의 사업에 대해 이렇게 박식할 줄은 미처 몰랐기 때문이다. 아무래도 농업이 전체 산업에서 차지하는 비중이 높은 국가였기에 그것을 무시할 수는 없었다.

미얀마도 신품종 개량에 힘을 쏟아 생산량 증가를 맛봤지만 기술력의 한계가 뚜렷해 저가 쌀을 수출하는 게 고작이다.

그러나 이싼 지역의 스마트 팜 사업은 이미 가시적인 성과를 내고 있다. 거기엔 한국 농업 진흥청의 해외농업기술개발사업(KOPIA)의 지원이 절대적이었다.

"저희도 농업연구소를 열 수 있게 도와주십시오. 정부와 협의해 지원받고 공익을 위해 기술을 공여할 마음도 있습니다."

"현재 CDS에 농업 관련 계열사가 있습니까?"

"구매 팀과 수출을 담당하는 조직만 있습니다. 하지만 나혼파놈 농산물단지를 모델로 삼아 동일한 조합형 회사를 설립할 수 있습니다. 단, SSL이 함께 투자를 해야 합니다."

"투자를 받으면 이익도 나눠야 할 텐데, 굳이 투자를 권하는 이유가 기술 공여를 위해서입니까?"

"그것도 중요하죠. 하지만 전 SSL이라는 이름을 얻고 싶습니다. 조합원들에게 신뢰를 줄 수 있고 확실한 기준을 제시할 수 있기 때문입니다."

그의 SSL 사랑은 웃음을 자아낼 만큼 대단했다.

설립자인 소 대표가 강한 자부심을 가지는 것은 당연하다. 또한 경쟁회사는 물론 언론들로부터도 호평을 받고 있지만 그의 외사랑은 소이치로의 예상을 훌쩍 뛰어넘었다.

그래서 일단 스마트 팜 사업에 참여하기로 결정했다.

투자에 비해 소득이 크며 미얀마의 안정된 성장을 위해서도 바람직한 사업이라고 판단했기 때문이었다.

"저는 추후 미얀마에 세 가지 사업을 구상하고 있습니다."

"건설 회사는 짐작이 됩니다. 산업 기반 확립을 위해 꼭 필요한 토목 건설 사업은 이미 태국에서 경험을 쌓았고 노하우도 확보했기 때문에 SSL 건설이 진출한다면 굵직굵직한 사업을 따낼 수 있다고 봅니다. 하지만 다른 2개는 뭐죠?"

"하하하! 토건 사업은 이미 진출을 위한 준비에 들어갔습니다. 그리고 궁금해 하시는 다른 두 사업은 가전제품과 자동차부품 생산 공장을 세우는 겁니다."

"가전과 자동차부품 생산을 한다고요?"

첨단 사업에 대한 강한 열망을 가졌지만 슈에는 차마 그 말을 입에 담지 못했다. 왜냐면 너무도 낙후된 미얀마의 기술 수준을 잘 알고 있었기 때문이다.

그런데 기가 막히게도 소이치로가 그걸 언급한 것이다.

얼마나 흥분했는지 쉽게 말을 하지 못했다.

미얀마가 시장 개방을 천명하고 외자 유치에 열을 올리고 있지만 선진국이나 글로벌 기업들은 아직 첨단 기술이 요구되는 투자는 감행하지 않고 있었다.

그저 부동산 투자회사가 돈 냄새를 맡고 기웃거리고 있으며 저렴한 노동력을 이용하는 후진국형 제조업만 성행했다.

그런데 다른 기업도 아닌 SSL이 언감생심 꿈도 꾸지 못한 투자를 한다고 하자 무조건 올라타야 한다고 생각한 것이다.

그런데도 감히 입을 떼지 못했다.

“저는 양곤 남부의 이라와디 강이 바다와 만나는 해안에 접한 지역을 고려하고 있었습니다. 리스크를 줄이기 위해 최소 규모로 시작하고 살윈강 하구의 모울메인에도 공단을 조성할 생각입니다.”

“저희가 하나를 관리할 수 있게 해 주십시오! 아니, 일부라도 좋습니다. 확실한 관리와 생산성을 보여 입증하겠습니다.”

“그럴 필요 없습니다. 이곳 시트웨에 제3공단을 세우는 것을 고려해 볼 생각이기 때문입니다."

"소이치로 대표님!"

왜 그런 결정을 내렸느냐면 시트웨는 다른 시장을 볼 수 있기 때문이었다. 태국 공단은 이제 세계시장을 타깃으로 생산할 것이며 양곤과 모울메인은 동남아 시장을 노릴 것이다.

그 와중에 시트웨는 새롭게 떠오르고 있는 세계 2위 규모의 시장인 인도와 마주 보고 있어 이점이 분명했던 것이다.

삼성을 위시한 한국의 글로벌 기업들이 중국을 떠나 베트남, 인도네시아 등에 생산 거점을 옮겼지만 이제 또다시 인도로 향하고 있다.

파격적인 인센티브와 특혜를 보장하고 있으며 시장의 성장이 눈에 띄기 때문이다. 그러나 소이치로는 인도의 시장 가치는 인정하지만 생산 거점으로는 최적이 아니라고 판단했다.

베트남인들처럼 인도인들도 신뢰하기 힘들다고 봤다.

"추후 상세한 협의를 해야겠지만 이곳 시트웨에 냉장고, 에어컨, 세탁기 공장을 세우고 싶습니다."

"SSL은 냉장고와 에어컨만 생산하는 것으로 압니다만……."

"이곳에 들어올 핵심 인력은 SSL에서만 오는 게 아닙니다. 히타치 Smart Life의 가전 부문에서도 일부 떼어 올 겁니다."

"히타치요?"

"네. 어차피 뿌리가 같다는 것은 아시지 않습니까. 일단은 SSL의 간판 아래 헤쳐모여를 할 건데, 현재 히타치가 주력하고 있는 가전의 기술력은 SSL과 크게 차이가 나지 않습니다."

"그 얘기 들었습니다! 히타치가 경쟁사들을 모두 제치고 점유율 1위를 달리고 있다는 믿기 힘든 소식. 그런데 그 잘나가는 사업을 왜 축소하시려고 하는 거죠?"

"축소가 아니라 생산 거점을 일본 밖으로 빼고 SSL이라는 이름 아래로 새롭게 재편할 겁니다."

"아!"

얼핏 들으면 이해하기가 어려웠다.

히타치는 글로벌 기업으로 이름이 높다. 그런데 가문을 대표하는 사업의 규모를 대폭 축소하더니 급기야 해체 수순을 밟고 있다지 않은가!

하지만 조금 더 생각해 보면 이해가 됐다. 닛산을 인수한 순간부터 SSL의 이미지는 기울고 있는 일본 기업 그 어디와 견주어도 뒤처지지 않았기 때문이다.

그렇다면 이건 하늘이 내려 준 기회였다.

아무런 기술 기반도 없는 미얀마에 최첨단 기술력을 가진 전기전자 기업이 진출하게 되는 것이다. 특히나 SSL은 현지 기업들과 협력해 기술 이전에도 인색하지가 않아 그가 받은 감동은 기대를 웃돌았다.

"전체 그림이 나와 봐야 알겠지만 기왕이면 하청이 아니라 지분으로 참가하십시오."

"그건 오히려 제가 간절히 바라는 부분입니다. 저희 CDS가 얼마나 참여할 수 있을까요?"

"감당할 수 있으시다면 30%선까지 허용하겠습니다. 하지만 생각을 잘하셔야 할 겁니다. 가전보다 자동차부품 사업의 규모가 더 클 수도 있습니다."

"아!"

소이치로는 슈에를 좋은 파트너가 될 수 있다고 판단했다.

상대의 힘이나 능력을 파악하지도 못하고 어설픈 수작을 부리는 우 가문보다는 훨씬 믿음이 갔기 때문이다.

그렇다고 우 가문을 포기한 것은 아니다.

그들과의 관계와는 별개로 좋은 사업 파트너와 협력하는 것은 소이치로도 바라던 바였다. 어차피 한 가문이 감당할 수 있는 사이즈도 아니며 우 가문이 의도대로 움직여 준다면 좌청룡 우백호로 삼아도 괜찮다는 판단을 내린 것이다.

견제와 균형이 필요하다고 봤다.

특히 차논을 대하는 그의 태도가 무척 인상 깊었다. 사람에 대한 존중과 예의범절은 기본이 됐음을 알려 주기 때문이다.

"쿤디. 너무 급하게 진행하는 거 아냐?"

"아직은 구상 단계일 뿐입니다. 사업이 구체화되기까지 걸림돌이 많을 겁니다. 하지만 기본적인 마인드가 마음에 들었습니다. 적어도 미얀마 직원들의 통제는 잘할 것 같고 적당한 욕심도 있는 것 같아 저는 아주 마음에 들었습니다."

"그렇다니 다행인데……. 문제는 미요키트의 자식들이로군. 어떻게 처리할 생각인가?"

"제가 내일 몽유와로 직접 찾아가 만날 생각입니다."

"음……. 그렇다면 난 바람이나 쐬러 가야겠구먼."

차논은 벗인 미요키트를 만나러 만달레이로 간다고 했다. 아무래도 책임감을 느끼고 측면지원을 하려는 것 같았다.

굳이 수고를 자처하실 필요는 없는데, 말리지 않았다. 주제 넘는 짓이고 그 말을 들을 분도 아니었기에.

이런 사달이 난 것도 사실은 의사소통의 부재에서 비롯

되었기에 기왕이면 이참에 확실히 해 둘 필요가 있었다.

게다가 차논 찬타라 역시 보통 인물이 아니지 않은가!

태국을 대표하는 지하경제의 큰손이 나선다면 자신보다 더 훌륭한 결실을 거둘 수도 있다고 봤다.

* * *

"완!"

자다 말고 자신의 잠꼬대 소리에 놀라 깼다.

어젯밤에도 묘한 꿈을 꿨는데, 깨어나니 하나도 기억나질 않았다. 그래서 더 민감한 것일 수도 있는데, 잠에서 깬 소이치로는 주변에 아무도 없는 것을 보고 마음을 가라앉혔다.

온몸이 땀에 흠뻑 젖었지만 악몽을 꾸느라 자연스럽게 흘린 것이라고 생각한 소이치로는 이내 다시 잠을 청했다.

그런데 같은 시각, 옆방에 머물고 있는 실리완도 잠을 자고 있지는 않았다. 하지만 가슴을 쓸어내리는 표정이 역력했다.

그리고 흘러나온 음성은 영문을 알기 힘들었다.

"제가 꿈에서조차 당신에게 거부를 당해야 하나요?"

꿈이라니?

차논은 자신의 두 수양딸에게 한 가지 비법을 전수했다.

오랫동안 설득하고 기다렸지만 뜻한 대로 되지가 않자 마지막 힘을 모아 실리완과 따능을 위한 수를 찾아낸 것이다.

아비의 간절한 소망이었고 수양딸들도 거부하지 않았다. 인위적인 방법으로는 어림도 없어 초능력을 활용하고야 말았다.

꿈에서나마 서로 사랑하게 만들어 현실로 자연스럽게 이어지게끔 유도하는 방식이었는데, 양기가 철철 넘치는 소이치로를 몽정으로 이끄는 것은 그리 어려운 일이 아니었다.

비법을 펼칠 수 있는 조건은 가까이에 머물러야 하고 효력의 극대화를 차논이 제조한 비약을 미리 섭취해야 한다. 근접 수행을 하고 있는 실리완으로서는 어렵지 않았다.

그런데 이틀 만에 문제가 발생했다.

뜨거운 꿈을 공유하고 있었는데, 튕겨진 것이다.

"제가 당신과 함께할 수 있는 유일한 방법인데……. 이것마저 불가능하다면 전 어쩌죠?"

소이치로의 순수함을 모르지 않았고 그 마음을 인정했다.

그러나 미오가 불의의 사고로 떠난 뒤, 일말의 희망을

품을 수밖에 없었다. 차라리 홀아비로 지낸다면 욕심을 버릴 수도 있을지 몰랐는데, 연이채를 짝으로 선택했다.

그 이유를, 각별한 인연을 이해하면서도 서운한 것은 어쩔 수 없었다. 그래도 극복하려고 했으나 서른 중반인 실리완, 이제 서른이 된 따능은 한숨을 짓는 날이 많아졌다.

그저 곁을 지키는 측근만으로는 성에 차지 않았다. 이 문제는 소이치로도 심각하게 받아들여야 하는데, 그렇지가 않았다.

그리고 그녀들보다 더 안타까웠던 차논이 움직이고 말았다. 하지만 두 번째 시도 만에 작위적인 몽정이 깨져 버렸다.

그녀가 깊은 번민에 빠져 있을 때, 잠을 설치던 소이치로는 급기야 옷을 걸쳐 입고는 정원으로 산책을 나왔다.

그런데 자정을 넘은 시간이었음에도 누군가 불렀다.

"쿤디."

"어? 어르신. 왜 안 주무시고 나와 계십니까?"

"요새 내가 종종 이래."

"왜요? 무슨 걱정거리라도 있으십니까?"

"무엇이겠나. 핏줄에 대한 걱정 때문이지."

"완이나 따능, 둘 다 잘 지내고 있는 거 아니었습니까?"

"……."

차논은 대답하지 않았다.

잘 지낸다는 말에 동의할 수 없다는 의미였다. 별생각 없이 물었던 소이치로는 그제야 사태의 심각성을 깨달았다.

그리고 그 내용도 어느 정도 짐작할 수 있었다.

그러나 할 말은 없었다.

그의 극단적인 말이 들려오기 전까지.

"아무래도 우리 인연을 정리할 때가 된 것 같으이."

"무슨 말씀이신지요?"

"내가 더는 견디지 못하겠어. 자신들을 지켜 줄 수 있고 사랑하는 남자를 곁에 두고도 함께할 수 없는 내 소중한 손녀들을 더는 무심한 자네에게 맡길 수 없을 것 같다고."

"어르신!"

"자네도 알지 않은가! 그 아이들이 부모를 잘못 만난 탓에 평범한 삶을 살 수 없다는 걸. 그래도 자네가 나타나 그 아이들이 성취감을 느끼며 행복해 보여 난 얼마나 기뻤는지 모르네. 하지만 더 이상은 위험한 것 같아."

"위험하다니요?"

"마음의 병은 육신의 병보다 훨씬 치명적인 법일세. 내가 너무 쉽게 생각한 거지. 가까이 지내다 보면 자연스럽게 서로 통할 줄 알았네. 하지만 그게 불가능하다면 난 더 늦기 전에 다른 수단을 강구해야만 하네."

말이 되지 않는다고 생각하면서도 부정할 수 없었다.

마음의 병을 얻는다는 말의 의미를 알아들었기 때문이다. 실제로 실리완이나 따능은 자신들의 마음을 감추지 않았다.

그걸 알고 있으면서도 아무 것도 해 줄 수 없었다.

사랑은 상호작용이기 때문이다.

그녀들이 겪고 있는 부작용을 상쇄해 줄 수 있었기 때문에 그것으로 충분하다고 여긴 건 아닌지 돌아봐야만 했다.

지금처럼 그녀들을 여자로 받아들일 수 없다면 놔주는 것이 옳은 일일지도 모른다. 최소한 다른 선택의 여지를 줘야 하는데, 자신과 함께 있으면 그건 불가능했다.

두 마음을 품으라는 몹쓸 강요였기 때문이다.

"어르신. 저로서는 상상하기도 힘든 일입니다."

"자네 그렇게 이기적인 사람이었나?"

"……죄송합니다."

"헤어짐에도 시간이 필요하겠지. 그러니 대비를 하게."

그 말을 끝으로 뒤돌아 숙소로 향하는 그를 보며 무슨 말이라도 하고 싶었으나 끝내 입이 열리지 않았다.

인연을 정리한다는 것이 파트너십을 끝내는 것이라고는 생각지 않았다. 적어도 사업적인 부분에서는 그 어떤 불편도 끼치지 않았을 뿐더러 그의 자산 가치는 눈에 띄게 커졌다.

하지만 그가 손을 뗀다면 재정적인 어려움이 닥칠 것은 분명했다. 그래도 그건 걱정되지 않았다. 그의 인품을 알기에.

문제는 실리완과 따능 없이 지금처럼 기업을 경영할 수 있느냐는 것인데, 세세히 따져 보지 않아도 그건 불가능했다.

"대체 언제 어디서부터 꼬인 것인가?"

굳이 따져 보자면 이건 시작부터 잠재된 상황이었다.

돌이켜 보건데, 차논이 아무 거리낌 없이 자신을 믿고 대대적인 투자를 해 준 가장 큰 이유는 사업 수완 때문이 아니었다.

인간적인 신뢰를 바탕으로 기대 이상의 지원을 아끼지 않았던 이유는 인생의 노년을 걷고 있는 그가 자신의 두 수양딸의 미래를 염려했기 때문이며 소이치로가 확실한 대안이라는 확신을 가졌기 때문이었다.

그런데 결국 불가능하다는 것을 깨달은 것이다. 만약 남자로 받아들이지 않고 사랑하지 않았다면 불만이 될 수 없다.

함께 근무하며 부작용을 없애는 것만으로 충분했을 것이

다. 하지만 그녀들이 자신을 좋아한다는 것은 사실이었다.

"이를 어쩌지?"

인생 2막 최대의 고비가 뜻하지 않은 시간에 찾아왔다.

따능의 능력도 필요하지만 실리완은 SSL그룹의 중심이다. 그녀의 꼼꼼한 내부 조력이 없었다면 지금처럼 빠르고 완벽한 성공은 불가능했다.

아무리 생각해 봐도 그녀를 대체할 사람은 없었다. 또한 그녀와 따능이 떠나면 결국 차논의 자금도 순차적으로 정리하는 것이 옳다.

그가 직접 소이치로를 후계자라고 선언했지만 그 전제에 깔린 조건은 분명했다. 두 손녀를 책임져야 한다는 것이다.

* * *

"무슨 일 있으셨죠?"

"아닙니다."

"아빠랑 보스랑 대체 무슨 일이 있었던 거예요?"

"아니라니까요. 윤 실장한테 보고서가 아직 도착하지 않았습니까?"

"지금 들어오고 있어요."

일단 만달레이에 들러 차논을 내려 드렸다.

그러고 나서야 실리완의 질문이 쏟아졌는데, 아침부터 내내 두 사람이 말이 없었기 때문이다. 마치 다툰 사람들처럼.

실리완도 워낙 조심스러워 쉽게 입을 열지 못했으나 차논을 내려 드리고 다시 이륙하자 닦달하기 시작했다.

하지만 소이치로는 끝내 아무 대답도 해 주지 않았다.

아니, 해 줄 수가 없었다.

그저 우 가문의 장남 싸오와 차남 윈에 대한 보고서를 꼼꼼하게 읽으며 생각에 골똘할 뿐이었다. 그런데 보고 내용이 예상보다 부실했다.

"역시 한계가 있군!"

"당연하죠. 아무리 귀신같은 해커라도 디지털화가 이뤄지지 않고 웬만한 것은 다 수기문서로 작성하는데, 알아낼 도리가 없죠."

"차라리 슈에의 의견을 반영하는 것이 낫겠어."

"보스가 즉흥적으로 보고 판단하셔도 되잖아요. 전 그게 더 정확할 것이라고 생각해요."

소이치로의 상황을 모르는 실리완은 변함없는 신뢰를 보였다. 언제나 그래 왔지만 오늘 따라 그게 더 아스라이 느껴졌다.

앞으로 이렇게 완벽한 내조를 받을 수 없다는 생각을 하자 가슴이 답답해지고 만사가 귀찮았다. 하지만 당장 일어날 일도 아니며 그런 일은 일어나지 않을 것이라는 막연한 자위를 하며 고개를 절레절레 저었다.

오늘따라 집중을 잘하지 못하는 소이치로를 보며 실리완은 다른 의심을 품고 있었다. 어젯밤에 실패한 작위적인 몽정을 눈치챈 게 아닌지 의심한 것이다.

"어서 오십시오. 소이치로 대표."

"반겨 주셔서 감사합니다. SSL의 아유카와 소이치로입니다."

"아! 전 프엉이라고 합니다. 곧 마빈이 도착할 겁니다. 그때까지 제가 모시겠습니다. 안으로 들어가시죠."

"그럽시다."

적어도 장남 샤오나 차남 윈이 마중을 나올 줄 알았다.

그런데 사남인 프엉이 공항에 나타났다.

그나마 형제라도 내보낸 것을 다행이라고 여겨야 하나?

아쉬워 전화기에 불이 나도록 연락을 취했던 자들이 맞는지 의구심이 들었다. 문제의 핵심인 몽유와로 직접 날아왔다면 상응하는 대접을 기대했는데, 이번에도 역시 실망스러웠으며 괘씸하다는 생각마저 지울 수 없었다.

몽유와는 샤오가 관장하는 우 가문의 핵심 거점인데, 대사를 도모할 중요 인물이 왔는데도 아직 준비가 되지 않았다는 생각을 지울 수 없었다.

게다가 마빈을 불러온다지 않은가?

"만달레이에 귀한 손님이 방문하셨는데, 가문의 대소사를 관장하는 마빈이 여기에 올 겨를이 있습니까?"

"안 그래도 찬타라께서 방문하셔서 좀 늦을 거랍니다."

"늦는다……. 우 싸오 장군은 뭘 하고 있습니까?"

"소가주께서는 지금 자리에 계시지 않으십니다."

"그럼 당신이 이곳의 책임을 대리하고 있는 겁니까?"

"그건 아닙니다만 왜 그러시죠?"

"정말 못 말릴 사람들이로군요. 지금 당장 전하세요. 이곳 책임자에게. 지금 즉시 나타나 협의에 임하지 않으면 다시는 내 얼굴을 볼 수 없을 것이라고!"

구체적인 시간까지 언급했다.

30분.

시트웨처럼 이번에도 군 공항에 착륙했다.

기껏 안내를 받아 기다린 곳도 군부대 내에 위치한 접견소 같은 허름한 건물이었다.

차를 한 잔 내왔으나 이들의 응대는 충분히 눈에 거슬렸다. 귀빈 대우를 바란 적도 없지만 이건 홀대였기 때문이다.

다분히 의도적이라고 판단했기에 강경하게 날 수밖에 없

었다. 언제 올지도 모를 마빈을 기다리자고 온 것이 아니다.

어제 한 번 실망을 끼쳐 반응을 봤다면 이러지는 말아야 하는데, 마치 의미 없는 살바 싸움을 하는 것 같아 짜증이 났다.

"보스. 시간이 되었습니다."

"갑시다."

믿기지 않았다.

시간을 구체적으로 언급했음에도 아무도 나타나지 않았고 전언도 없었다. 소이치로 일행이 건물 밖으로 나온 뒤에야 응대에 나섰던 프엉이 헐레벌떡 뛰어왔다.

그런데 그 표정 또한 마음에 들지 않았다. 이게 대체 무슨 짓이냐는 거만한 생각이 그 얼굴에 쓰여 있었기 때문이다.

실제 뱉은 말도 기가 막혔다.

"멈추시오!"

"하하하! 당신이 멈추라고 소리치면 내가 멈춰야 할 사람처럼 보이시오? 태국 티라뎃 총리도 내게 그런 태도는 보이지 않소이다!"

"지금 둘째 형님이 오고 계십니다."

"약속을 헌신짝처럼 여지는 당신들과는 더 이상 마주 앉고 싶지 않소이다."

그 말을 끝으로 진짜 비행기로 향했고 바로 탑승했다.

미리 준비를 하지 않았던 터라 이륙을 위한 점검을 하느라고 시간이 좀 흘렀는데, 밖에서 시끄러운 소리가 들렸다.

누군가 비행기에 오르고자 했고 그것을 경호팀이 제지하는 것 같았다. 소이치로는 신경도 쓰지 않았지만 실리완이 움직여 확인한 뒤에 돌아왔다.

그런데 말을 꺼내기도 전에 그녀의 표정이 어두웠다.

"우 원이 온 것 같아요."

"웬 추측성 발언입니까?"

"그가 장애를 가진 사람이라고 하지 않았나요?"

"네. 그렇게 들었습니다."

"아무래도 보스가 한 번 나가 보셔야 할 것 같아요."

소이치로도 의구심이 들었다.

우 원이 정상이 아니라는 것은 익히 다들 인지한 상황이었다. 그렇기 때문에 실리완의 반응은 이해하기 어려웠다.

아무리 장애를 가진 인물이라도 늘 신중한 그녀의 반응이 이렇게 특이한 경우는 상상하기 어려웠기 때문이다.

특히 소이치로가 직접 관계가 틀어졌음을 선언한 상황이다. 대표의 권위를 고려한다면 나가보라는 그녀의 말도 시의적절하지 않았다.

하는 수 없이 나가봤다. 비행기 위에서 아래에 서 있는 상대의 존재를 확인한 순간, 소이치로는 전신에 서리가 내린 듯 오싹한 소름이 돋았다.

인생 2막,
섬나라 재벌로!

83. 몽유와의 우환

인생 2막,
섬나라 재벌로!

"쿤디. 반가워요!"

"누구시죠?"

"전 우 원이라고 해요. 더도 말고 5분만 얘기할 기회를 주세요. 제가 거기로 올라갈까요?"

"난 말을 뒤집는 사람이 아닙니다. 안타깝지만 더 이상 그대들과 함께 서고 싶지 않습니다."

그 말과 함께 소이치로는 돌아섰다.

전신에 돋았던 닭살이 가라앉지 않은 이유는 그의 독특한 성정체성 때문이었다. 얼핏 봐서는 장애가 확인되지 않았다.

왜냐면 그것보다 더 눈에 확 띄는 외모가 완벽한 여성이었으며 심지어 아름다워 보이기까지 했다.

그가 아니라 그녀라고 불러야 될 것 같은 놈이었다.

"레이디보이로군요."

"네. 이미 성전환 수술까지 다 마친 것 같아요."

"제가 민감해서 그런지 보는 순간부터 온몸에 소름이 돋았습니다. 그냥 평범한 인사가 절대 아닙니다."

"저도 아주 위험하다는 느낌을 받았어요. 만나지 않으시길 잘한 것 같아요."

그렇게 본의 아닌 뒷담화를 하며 이륙을 기다렸다.

그런데 돌연 입구 쪽에서 신음 소리가 들렸다. 전용기를 이용하고 있던 터라 경호팀은 단 3명뿐이었다. 그나마 추리고 추린 정예였고 오가타는 고수라 할 만한 사람이다.

하지만 이상 징후를 느낀 소이치로가 고개를 돌리는 순간, 계단을 밟고 올라오는 놈의 모습이 보였다. 경호원들을 제압하고 느긋하게 걸어오는 놈의 전신에 거만함에 실려 있었다.

다른 것은 몰라도 오가타가 당했다는 생각을 하자 속에서 화끈한 불길이 치솟았다. 그 분노가 본능에 가까운 공격으로 이어진 것은 찰나의 순간이었다.

'컥!'

놈도 보통은 아니었다.

경호원들을 제압하고 느긋하게 올라올 때는 그만큼 무력에 자신이 있다는 의미였다. 그래서인지 앉아 있던 소이치로의 몸이 들썩인 순간, 놈도 즉시 방어 태세를 취했다.

하지만 놈의 거만한 대처는 천추의 한을 남겼다. 단번에 목줄을 제압당한 놈은 소이치로가 머리를 슬쩍 쥐어박자 바로 정신을 잃고 쓰러졌다.

놈이 지어 보인 황당한 표정은 쉽게 잊히지 않을 것 같았다. 하지만 소이치로는 놈을 팽개치고 바로 계단을 내려갔고 무장한 채로 경호원들을 제압하고 있던 군인들을 쓰러뜨렸다.

"오가타. 어서 올라 타!"

"죄송합니다. 도련님."

"어서!"

정신을 잃은 두 경호원을 양 옆구리에 들쳐 움켜잡은 소이치로도 오가타와 함께 비행기에 올랐다.

문제는 저 멀리 경비를 서고 있던 군인들이 화들짝 놀라 쏜살같이 뛰어오고 있다는 사실이다. 때마침 비행기가 웅장한 소리와 함께 이륙을 위한 진동을 시작했다.

하지만 방향을 틀어 활주로를 벗어나기 전에 놈들의 총포를 당해 낼 수는 없었다. 그래서 빠른 판단을 내려야 했다.

이미 엇나간 이 황당한 상황을 어떻게 해야 풀 수 있는지 결단한 소이치로는 본의 아닌 협박을 가하게 되었다.

"야! 깨어나!"

"이, 이게 대체?"

"비행기를 띄울 거야. 그러니 넌 부하들에게 지시해. 이륙을 제지하지 말라고!"

"아, 알았어요. 잠깐만 저 좀 잡아 주세요."

정신을 잃었던 우 원이 소 대표의 명령에 깨어났다.

일단 이곳을 벗어나는 것이 최선이라고 본 것이다. 그런데 비틀거리며 일어나던 우 원이 또다시 개수작을 부렸다.

기대는 척하며 또다시 암습을 가한 것이다. 하지만 그건 의도만 있었을 뿐, 놈의 의지는 실현되지 않았다. 놈의 오른손이 부축하던 소이치로의 목 앞에서 우뚝 멈춰 선 것이다.

그와 동시에 소이치로의 입가에 섬뜩한 미소가 번졌고 놈은 전신을 옥죄는 고통에 몸부림을 쳐야만 했다.

"난 너를 포함해 이곳에 있는 네 부하들을 모두 죽일 수도 있어!"

"제, 제발 이 고통을……."

"마지막 기회다. 또다시 나를 기만하려 든다면 내 기필코 네가 아끼는 모든 것들을 산산이 파괴하고 말 것이다!"

"알았어요. 제발……."

놈에게 던진 말을 실현할 자신이 있었다.

하지만 그에 못지않은 희생을 각오해야만 하는 일이었기에 소이치로의 몸에서는 본인도 통제하기 힘든 강렬한 살기가 사방으로 줄줄이 뻗치고 있었다.

세상 무서운 줄 모르던 놈에게 공포를 심어 주기에 충분했다. 놈의 모든 감각을 옥죄던 기운을 조절하자 놈은 비틀거리며 입구 쪽으로 다가가 소리쳤다.

다가오지 말라고!

비행기를 타고 떠날 것이니 막지 말라고도 소리쳤다.

그리고 그 지시는 정확히 이행되었다.

문이 닫히고 비행기가 이륙해 위험지역을 벗어날 때까지 소이치로도 전신의 털이 곤두서는 위기의식을 느껴야 했다.

"전 포로입니까?"

"닥치고 찌그러져 있어!"

"지금 날 데리고 어딜 가는데요?"

"네놈의 본가."

"오호! 다행이네요."

"다행일지 불행일지는 두고 보면 알게 될 것이다!"

차논이 그곳에 머물고 있기 때문에 그냥 갈 수가 없었다.

적어도 우 미요키트와 마빈은 믿을 수 있었기에 또다시 만달레이로 향했다. 그리고 우 마빈과 통화를 했다.

그는 현재 상황을 인지하지 못한 채 이제 막 몽유와로 출발했다고 말했다. 그래서 그냥 본가로 복귀하라고 전했다.

지금 우 윈을 데리고 있으며 곧 만달레이에 도착한다는 사실도 전달했다. 그 말을 들은 그가 안도의 한숨을 내쉬었다는 사실이 고무적이었다.

상황이 이렇게 복잡하게 돌아가리라고 생각한 적이 없다. 협력해야 할 가문과 돌이키기 힘든 파국을 맞게 된 이 상황이 믿기지도 않았다,

그래서 맥없이 바닥에 쓰러져 있던 우 윈에게 다가갔다.

방금 전까지 픽픽 웃으며 너스레를 떨던 놈이 위험을 느꼈는지 소이치로가 머리를 부여잡자 발버둥을 쳤다.

"놔! 지금 뭐하는 짓이야!"

"닥치고 순응해라. 미친놈이 되고 싶지 않다면!"

"하아! 네가 이런 능력자인 줄 알았다면 난 절대 이런 선택을 하지 않았을 것이다."

"헛소리는 집어치우고 하라는 거나 잘해!"

뛰는 놈 위에 나는 놈이 있다는 것을 깨달았던 것이다.

하지만 사람을 알아보지 못한 대가는 치러야 했다.

누군가의 뇌를 강제로 헤집는 것은 소이치로도 원치 않았다. 몇 번 겪어 본 결과, 그것만큼 비인간적인 행위도 없었고 그 여파가 생각보다 훨씬 오래 남아 생채기를 남겼다.

그래서 다시는 반복하고 싶지 않았건만 또다시 피치 못할 상황이 빚어지고 말았다.

함께 온 실리완과 오가타를 비롯한 SSL 식구들, 그리고 차논의 안전을 확보하려면 놈의 속내를 파악해야만 했다.

"이런 쓰레기 같은 놈들이 있나!"

"왜요?"

"군부 기득권층이 다들 이렇게 썩었다면 이 나라는 가망이 없습니다!"

우 윈의 이력을 살피던 소이치로가 절망에 찬 탄식을 터트리자 실리완도 관심이 커질 수밖에 없었다.

우 싸우 가문에 대해 자신도 적잖이 관여하고 있었기 때문이다. 그런데 한 나라를 지칭해 가망이 없다는 말이 나올 정도면 이들의 추악함이 상상을 초월한다는 의미였다.

만달레이가 멀지 않아 곧 착륙하게 될 텐데, 대체 어떤 방향으로 끌고 갈지 귀추가 주목되었다.

도착하기 전 급기야 놈의 기억을 모두 읽어 낸 소이치로는 이를 악물고 그에게 자신의 의지를 심기 시작했다.

"우 원. 너 하나 희생해 가문과 나라를 살리자."

"……."

"잘 들어!"

희생을 운운하는 바람에 실리완은 더 바짝 다가앉았다.

드디어 해법이 언급된다고 생각한 것이다. 그러나 잘 들으라고 말한 뒤부터 소이치로의 음성은 들리지 않았다.

완전히 이지를 제압한 탓에 심중의 소리만으로도 충분히 뜻을 전할 수 있었고 그게 더 빠르고 효과적이었기 때문이다.

실리완은 입술이 바짝 말랐지만 물어볼 겨를이 없었다. 이미 만달레이 공항이 저 멀리 보이기 시작했고 착륙을 위해 기체가 하강하기 시작했기 때문이었다.

그나마 한 가지는 분명히 확인할 수 있었다.

"일어나라, 우 원!"

"으으음……!"

"네 난잡한 과거의 행위를 고려하면 살려 둘 이유가 없다."

"그건 당신이 간섭할 일이 아니잖소!"

"나에게 해를 끼치지 않았다면 그렇겠지. 하지만 주제도 모르고 덤빈 대가는 치러야 하잖아. 난 네 목숨으로 갚아야 한다고 생각해!"

"내게 죽음보다 더 치욕적인 금제를 걸지 않았소! 난 기꺼이 따를 것이오!"

"그래야만 할 것이다. 네 성정체성까지 버릴 필요는 없어. 그건 도리어 네게 좋은 카드가 될 테니까."

"알겠습니다. 약속이나 지켜 주십시오."

"네놈이 내게 그런 말을 할 계제가 아닐 텐데?"

정신을 차린 놈이 말대꾸도 곧잘 했으나 표정은 달라졌다. 거만함이 사라진 얼굴에는 두려움이 두텁게 덮여 있었다.

소이치로는 그를 완벽하게 세뇌하진 않았다.

무리하게 힘을 소모할 상황이 아니었고 놈에게도 개과천선의 기회는 줘야 한다고 판단했다.

기구한 운명을 타고난 것이 본인의 의지는 아니었기에.

선천성 장애를 현대 의학의 도움으로 극복하기 위해 독을 쓰고 산 것은 이해할 수 있다. 하지만 세상에 대한 원망을 불특정 다수에게 푼 것은 용납되지 않았다.

"제가 몽유와로 다시 복귀할 수 있도록 조치해 주십시오."

"그래야지. 우리가 내린 후에 이 비행기를 이용하도록 해."

"실망시키지 않겠습니다."

"결과로 말하자."

"알겠소!"

놈은 기를 이용해 타인을 현혹할 수 있는 초능력을 지녔다. 그 능력을 상승시키기 위해 어린 남자아이들을 노예처럼 부리며 겁탈한 것부터 비인도적이었다.

그렇게 월등해진 능력으로 장남인 싸오를 치마폭에 휘감아 버렸으며 꼭두각시처럼 부리며 온갖 악행을 자행해 왔다.

그런데 소이치로가 손을 내밀자 더 비상할 수 있는 호기라고 판단하고는 그동안 부친 때문에 감히 손대지 않았던 본가의 일에도 끼어들기 시작했던 것이다.

우 마빈을 현혹해 꼼짝달싹 못하도록 얽어맨 것이 그 시작이었다. 아주 치사한 방법을 동원해 손발을 묶은 것이다.

그 마빈이 공항에 마중을 나왔다.

"소이치로 대표님!"

"오랜만입니다. 마빈."

"정말 죄송합니다. 상황이 이렇게 꼬일 줄은 몰랐습니다. 저희는……."

사과를 하던 마빈이 말을 멈춘 이유는 소이치로의 뒤로 우 윈의 모습이 보였기 때문이다. 얼마나 끔찍한 짓을 가했는지, 그를 보는 순간 전신이 마비된 사람처럼 딱딱하게 굳었다.

하지만 그의 예상과는 다른 상황이 펼쳐졌다. 눈을 내리깔고 꺼낸 인사말이 사과의 단어들이었기 때문이었다.

하지만 쉽게 받아들이지 못했다.

놈의 사악함에 질려 이마저도 함정이라고 생각했는지 소이치로를 쳐다보며 이게 무슨 일이냐는 눈빛을 보였다.

"우 윈. 사과는 상대방이 진심을 느낄 수 있는 방식으로 해야 하지 않을까?"

"음……. 미안하다. 마빈. 네게 씌운 덫은 내가 완벽하게 지우마. 어떻게 하면 날 믿을 수 있지?"

"더러운 놈! 당장 내 눈앞에서 꺼져."

"그게 네가 바라는 바라면 그렇게 하지. 쿤디, 대충 정리가 되면 보고하겠소."

"내일 몽유와로 다시 갈 것이다. 그때까지 깔끔하게 정리를 끝내도록 해."

"네."

우 윈은 소가주의 이름을 팔아 마빈을 몽유와로 호출했다.

그리고 청렴하고 순수한 그가 욕망이 화신이 되게끔 현혹해 끔찍하고 패륜적인 짓을 저지르게 만들었다.

자신이 원한 일이 아니었지만 도덕성에 흠집이 난 마빈

은 놈이 싸오를 앞세워 월권하는 것을 보고도 말릴 수 없었다.

일단 소이치로를 만나면 모든 것을 있는 그대로 밝히고 상의하려고 했었다. 문제는 만나기도 전에 파국을 맞아 말짱 도루묵이 되었고 신뢰마저 잃게 될 것 같아 상심이 컸었다.

그런데 어렵사리 만난 소 대표가 우 원과 함께 나타나자 불안감을 감추지 못했었다. 하지만 마치 종처럼 부리는 모습을 보고는 어리둥절했던 것이다.

"대체 어떻게 된 겁니까?"

"몽유와의 우환은 곧 정리될 겁니다."

"저 난잡한 인간이 그럴 리가 없습니다."

"하하하! 그건 두고 보죠. 인간은 좀처럼 변하지 않는다는 잘 압니다. 하지만 변하지 않으면 안 될 겁니다."

불가능하다고 생각하는 것 같았으나 더는 묻지 않았다.

방금 전에 보인 둘의 어투만 봐도 상상하기 어려웠던 장면이었기 때문이다. 우 원의 사악한 마법을 익히 경험한 그로서는 말 대로만 된다면 더 이상 바랄 게 없었다.

어렵게 세운 계획이 어그러지게 되면 피앙만 희생양이 되는 건 아닌지 불안했는데, 드디어 빛이 비치는 느낌을 받았다.

하지만 아직 확신하기는 어려웠다. 그래서 상세히 묻고 싶었지만 차에 올라 저택으로 이동하는 내내 아무 말도 없이 눈을 감고 쉬는 소이치로에게 감히 말을 붙이기 힘들었다.

"어르신은요?"

"아버님과 함께 산정의 별채에 오르셨는데, 딱히 별말씀이 없으십니다."

"궂은일은 다 내게 미루고 팔자도 좋으시네!"

"송구합니다. 애당초 이런 상황이 닥치지 않게 조심했어야 하는데, 소가주의 권위를 무시할 수가 없어……."

"마빈. 어떤 조직이든 대가리가 썩으면 온전할 수가 없습니다. 그걸 알면서도 방치하는 것도 죄라는 말입니다."

"쿤디."

"나랑 일하고 싶으면 쓰레기부터 치웁시다."

그는 가문의 후계자에 대해서 왈가왈부할 입장이 아니었다.

버젓이 부친이 살아 계시고 장자 후계는 오랜 전통이다. 합당한 사유가 있어도 후계를 바꾸는 것은 쉬운 일이 아니며 오로지 뒤집을 수 있는 사람은 가주뿐이다.

때문에 마빈은 대답을 할 수는 없었다. 소이치로도 그걸 모르는 바가 아니었지만 마음의 준비를 하라는 의미였다.

우 짜우 가문에 도착한 소이치로는 우 원에게 당한 경호원들의 치료부터 챙겼다. 어차피 급한 불은 껐기 때문에 보좌한 측근들과 함께 식사를 시작했다.

자신이 먹어야 그들도 먹고 쉴 수가 있기 때문이었다.

"쿤디. 올라오시랍니다."

"밥 먹을 때는 개도 건드리지 않는다는데……. 에이, 갑시다."

"실리완도 같이 데려오라는 말씀이 있으셨습니다."

"완. 갑시다."

"네."

가문의 영지 내에 산이 있었다.

이 얼마나 대단한 위세인가?

아무리 부자라도 상상이 가능하지 않은 클래스였다.

차도 다닐 수 없는 좁은 산길을 직접 걸어서 올라가야 했다. 이 산에는 선조를 모신 묘지와 사당이 있었고 가주가 머무는 소담한 별장이 한 채 있을 뿐이라는 설명을 들었다.

놀라운 것은 별장에 이르기까지 몇 번이나 숨겨진 인기척을 느꼈다는 점이다. 보이지는 않지만 삼엄한 경호가 이뤄지고 있었는데, 그 솜씨가 제법 날카로웠다.

"어르신!"

"어서 오시게. 고생 많았지?"

"네. 하마터면 당할 뻔했습니다. 그간 평안하셨습니까? 가주 어른."

"어서 앉으시게. 음식을 준비시켰는데, 식사는 하셨소?"

"먹다 말고 불려 왔습니다. 잘됐네요."

"완. 너도 인사 올리거라."

"실리완이 우 가문 가주님의 건강을 기원하며 인사드려요."

"선남선녀로군요. 둘이 아주 잘 어울리는구려. 좋지, 아주 좋을 때야. 허허허!"

그건 아닌데 싶었지만 대꾸하진 않았다.

차논과 실리완이 가만히 있는데, 자신만 부정하긴 이상했기 때문이었다. 그런데 당할 뻔했다는 말을 꺼냈는데도 식사를 마칠 때까지 그에 관련된 이야기는 나오지 않았다.

주로 나눈 이야기는 미얀마 소수민족 문제에 대한 것이었는데, 가만히 듣고만 있어도 유익했다. 오랜 세월 갈등을 빚어 온 배경과 책임에 대한 논쟁도 이어졌다.

미얀마가 개혁개방을 통해 경제발전과 함께 정치적 안정을 이루려면 그 문제를 극복해야 한다는 공감대가 형성되었다.

실리완도 적극적으로 의사를 표명했다.

"파이부터 키워야 할 것 같아요. 뜯어먹을 게 있어야 불만을 잠재울 수 있지 않을까요?"

"그건 그렇지가 않아. 어려우면 어려운 대로 콩 한쪽도 나눌 줄 아는 게 중요하지. 오히려 먹을 게 많아 보이는데 제 몫이 없다면 갈등의 원인이 될 거야."

"보스는 어떻게 보세요?"

"먹고사는 게 급한 사람들이 왜 서로 싸우려고 하겠습니까. 갈등을 부추기는 자들은 그들에게 빨대를 꼽고 사는 기득권층입니다."

"허허허! 우리 가문처럼 말인가?"

거의 듣기만 하던 미요키트가 모처럼 꺼낸 말이 그거였다.

그런데 소이치로는 고개를 끄덕였다. 자신의 표현이 매우 강경했기 때문에 그 행동은 모두를 기겁하게 만들었다.

중세 봉건사회도 아니고 영주가 지배와 착취를 행하는 시대는 아니었기 때문이다.

하지만 이어진 소이치로의 말은 꽤 설득력이 있었다. 왜냐면 자신의 가문도 별반 다르지 않다고 말했기 때문이었다.

"형태만 달라졌을 뿐, 본 아유카와 가문도 자본을 통해 노동자를 지배하는 것은 사실입니다."

"일본도 마찬가지라면 흠은 아니라는 말인가?"

"그건 아닙니다. 자본주의 사회의 병폐와 더불어 미얀마에는 아직도 강압적인 무력까지 동원되지 않습니까!"

"그건 서로가 합의한 결과일세. 지켜 주고 그 대가를 취하는 것이 문제라는 것에 동의할 수는 없네."

"일본도 비슷한 성향을 보이지만 일본을 보지 마시고 한국을 보십시오. 자본이 사회를 지배하는 것은 동일하지만 그래도 민의를 통해 끊임없이 바꿔 나가려는 노력을 보입니다. 혹자는 사회주의적인 위험한 발상이니, 포퓰리즘이니 떠들지만 그렇게 희생을 치르며 모두가 공감할 수 있는 공정한 체제로 발전해 나가고 있지 않습니까!"

그 대목에서 다들 조용해졌다.

또다시 한국이 언급되었기 때문이다.

한국도 한때 군부독재로 몸살을 앓았던 국가다. 찢어지게 가난했던 한국이 이젠 세계가 동의하는 선진국 반열에 올랐는데, 아직도 독재의 그늘을 칭송하는 자들이 존재한다.

또한 일부 국가에서는 강력한 국가주도의 발전을 구상할 때, 한국의 사례를 가져다 쓰기도 한다.

그러나 한국이 될 수는 없다.

왜냐면 한국의 성장을 이룬 기반은 독재적 지배가 아닌

근면하고 성실하며 가족을 위해서 희생도 마다하지 않았던 도전 정신과 근성에 있기 때문이었다.

그런데 미요키트마저도 오판의 말을 서슴지 않았다.

"개발도상국으로 가파른 성장을 이루려면 중앙집권적인 강력한 추진력이 필요하다고 보네. 한국도 그러지 않았나?"

"그건 허상입니다. 다들 더워서 철수한 중동 건설 현장, 위험한 광부 일도 마다하지 않고 독일까지 건너갔을 만큼 성공에 대한 집념이 대단했고 배워야 성공할 수 있다는 의식이 강해 먹을 거, 입을 거 아껴 가며 공부했던 좋은 인력들을 보유한 기업이 있었기 때문에 오늘의 한국이 있는 겁니다."

"자넨 한국 보수 세력의 기여를 인정하지 않는군!"

"인정할 게 있어야 인정을 하죠. 그들이 무슨 희생을 했습니까?"

"글로벌 기업들의 역할은 인정하나?"

"일부 인정하지만 그런 큰 성공을 거둘 수 있었던 저변에는 뛰어난 인력의 집념이 있었음을 간과해서는 안 됩니다."

결국 소이치로는 군부의 정치 참여를 용납할 수 없다는 의견을 피력한 것이었다. 실제로 동남아 대부분의 국가들은 아직도 군부의 영향력 아래 놓여 있다.

특히 미얀마의 경우, 아예 법으로 규정할 정도로 군부의 영향력은 막강하다. 군부가 또 다른 특권층으로 스스로를 인지하고 그들만의 세계를 형성하고 있다는 점이 문제였다.

군대가 국민을 위해 존재하는 게 아니고 이익집단처럼 자위적인 활동을 계속 확립해 나가며 그들끼리 모여 살고 있다.

"결국 기득권을 놔도 얻은 건 별로 없다는 말이로군!"

"뭘 원하십니까?"

"존경받는 지위, 그리고 넉넉한 삶."

"그것뿐이라면 지금보다 훨씬 나아질 겁니다. 일단 저와 손잡고 사업을 하게 되면 지금보다 훨씬 높은 수익을 얻을 수 있을 겁니다. 아예 단위부터가 다를 겁니다. 단, 지분만큼 공헌해야 한다는 전제가 따르지만."

"존경받는 지위는?"

"아웅 산 가문이 존중받는 이유를 생각해 보십시오. 군부를 원래의 자리로 돌려놓는다면 가주께서는 역사적인 인물로 기록될 것이며 후손 중에 당당한 정치인들이 배출될 겁니다."

"군복을 벗고 정치를 하란 말인가?"

"그렇죠. 전국적인 지지를 받을 수 있는 가장 좋은 방법이 뭔지 아시지 않습니까?"

군부의 권력을 쥐고 있는 최고의 가문을 무너뜨리고 그 자리를 차지한 뒤, 우 싸우 가문의 행보가 중요했다.

또 다른 군부 권력자를 탄생시키기 위해 이런 짓을 하는 게 아니다. 현재 거세게 불고 있는 민주화의 열망이 쿠데타로 이어지지 않도록 군부의 힘을 분산시키고자 나섰다.

하지만 계획 단계부터 동상이몽이 될 가능성을 배제할 수 없었다. 단지 우 윈만 야욕을 가진 게 아니었던 것이다. 가주인 미요키트도 여러 그림을 그려 봤음을 알 수 있었다.

중요한 것은 그 모든 생각들을 흉금 없이 털어놓고 있다는 것이었다.

"대충 정리가 됐군!"

"형님. 전 아직 정리가 되지 않았습니다."

"미요키트. 자네의 판단 하나에 국가의 미래가 걸려 있다는 것을 유념하게. 자네가 진심으로 응하지 않겠다면 나부터도 쿤디를 말릴 것이네."

"형님도 참……. 이보게, 쿤디. 몽유와에 있는 아이들은 어떻게 됐는가?"

"우 윈을 제압했습니다. 그가 직접 나서서 사조직을 해

산하고 가문의 그늘 아래로 복귀하라고 지시했습니다."

"지시?"

"네. 가주께서는 이미 알고 계시지 않습니까? 우 원이 어떤 짓을 하고 있었는지."

미요키트가 긴 한숨을 내쉬었다.

그는 군이 더는 정치에 끼어들지 않는 것이 옳다는 생각을 하고 있었다. 하지만 아직도 군부 3대 축 중에 하나인 것은 부정할 수 없는 사실이었다.

비록 최고실권은 쥐지 못했어도 각가지 혜택을 누리고 있다. 그런데 아직 한 번도 가져 보지 못했던 군부의 최고 자리를 얻는다는 생각을 하자 심장이 벌렁거렸던 것이다.

아직 밥상도 차리지 않았는데, 기선 제압을 하려는 우 원 같은 자도 튀어나왔다. 문제는 미요키트도 그런 상황을 알고 있었다는 것이다.

되면 좋고 안 되면 말고 그런 것이었던가?

상황을 대충 파악한 차논이 중재에 나선 것이었다.

그런데 자신의 예상과 달리 제압되어 지시를 받았다는 말에 그의 표정은 속내가 그대로 드러나고 말았다.

"우리 치부까지 파고들 줄은 미처 몰랐군!"

"가주. 지금 그게 더 중요하다고 생각하십니까?"

"협력하려면 서로 존중해야 하지 않나?"

"먼저 존중하지 않고 도발한 쪽은 그들입니다. 존중이고 나발이고 그런 비인간적인 행위를 알고도 묵인한 겁니까?"

"이봐! 쿤디!"

사실을 확인하기 위해 낚싯밥을 던졌는데, 어김없이 걸려들었다. 어떻게 그걸 묵인할 수 있단 말인가?

하지만 소이치로는 더 알고 싶었다.

자신의 아들이 또 다른 아들과 사통한 것까지 알고도 묵인했다면 더 이상 마주 앉을 이유가 없다고 판단했다.

그래서 그 얘기를 꺼냈다.

성전환 수술까지 하고 여자구실을 하는 우 원이 장남과 하루가 멀다 하고 질펀한 파티를 즐기는데, 거기에 미성년자들까지 동원하고 있음을.

"……마빈!"

"네. 아버지."

"지, 지금 이자가 하는 말이 사실이냐?"

"……."

대답을 하지 못했다.

그건 사실이라고 대답한 것이나 다름이 없었다.

그 짓에 자신까지 농락을 당했으니 입이 떨어지기 힘들었던 것이다. 그래도 믿기지 않았는지 미요키트는 재차 대답을 강요했다.

그리고 비로소 들었다.

사실이라고.

“형님. 저 먼저 실례하겠습니다.”

“그래. 쉬시게.”

“마빈. 손님 대접에 소홀함이 없어야 할 것이다.”

“네. 아버지.”

“그리고 다 끝나면 내 방으로 오너라.”

“네.”

충격이 컸는지 식탁을 벗어나던 그가 휘청거렸다.

문란한 행위는 흔한 일이다. 돈과 권력을 쥐고 있는 부자들에게는 삼처사첩도 용인되는 사회적 분위기였기 때문이다.

하지만 사회가 개방적으로 변모하고 외국자본이 들어오면서 그마저도 최근에는 확연히 줄어드는 추세였고 공개적인 경우는 거의 없다.

수많은 자식을 가졌기에 그런 문란한 아들이 몇몇 있음을 알고도 모른 척했다.

하지만 형제간의 사통이라니?

“충격이 너무 컸나 봐요.”

“불행 중 다행입니다. 설마 그것까지 묵인했다면 뒤도 돌아보지 않고 떠났을 겁니다.”

"당연하죠. 그런데 그거 사실이에요?"

"어허! 완. 여기서 이러지 말고 숙소로 가자. 우리가 같이 머물 숙소의 테라스에서 내려다보이는 전망이 최고더구나."

"아! 침실이 몇 개에요?"

"방은 넉넉해. 이보게, 마빈. 우리 와인이라도 한 잔 나누고 싶은데, 가능할까?"

"네. 지금 즉시 가져오라고 하겠습니다."

"자네도 같이 가세. 골머리를 앓고 있는 자네 부친께 보고할 거리를 만들어 주겠네. 허허허!"

무슨 말인가 했더니 차논이 복잡한 이 상황을 긍정적으로 검토하라고 소이치로를 압박했다. 평소 진행하는 일에 일체의 간섭을 하지 않던 그의 그런 모습이 생경하게 느껴졌다.

하지만 그의 속내는 짐작할 수 있었다.

비록 우 가문이 기대에 미치지 못했고 치명적인 치부를 보였지만 이들과의 협력은 이 나라를 위해서도, 소수민족을 위한 온화한 정책을 위해서도 절실했기 때문이었다.

그래서 소 대표도 긍정적인 방향으로 선회했다.

물론 또 다른 카드가 생겼다는 사실을 알리고 다시는 딴 마음을 품지 못하게 옭아매는 것도 잊지 않았다.

"테인 슈에를 만나셨단 말입니까?"

"왜요? 테인 가문이 협조하면 더 안정적이지 않습니까?"

"그건 그렇지만 워낙 얍삽한 자라서……."

"얍삽할지는 몰라도 비도덕적이지는 않더군요. 그가 우리 계획을 다 알고 있던데, 대체 보안이 어떻게 된 겁니까?"

"그, 그가 어떻게 알고 있다는 거죠?"

"참 답답하군요. 만약 그가 악심을 품었다면 어떻게 됐을까요? 그는 엄청난 반대급부를 취할 수 있을 텐데도 저를 찾아왔더군요."

"저는 믿지 못하겠습니다."

"그렇죠. 그게 바로 굴러 온 복도 몰라보고 걷어찬 당신 일가와 어떻게든 함께하고 싶어 하는 슈에의 차이입니다."

경쟁만큼 확실한 당근은 없었다.

테인 가문을 언급하자 마빈의 태도부터 확 바뀌었다. 하기야 그는 지금 입이 열 개라도 할 말이 없는 상황이다.

그런데도 고개를 숙이지 않더니 슈에가 모든 상황을 파악하고 있으며 소이치로에게 접근해 소기의 목적을 달성했다는 사실을 듣고는 조급함까지 보였다.

소 대표는 원점에서부터 재고하겠다는 말로 그의 애를 태웠다. 어차피 양곤에 기반을 마련한 것은 파트너가 누구든 상관이 없는 투자였기 때문이다.

"쿤디. 뭐든 원하는 것을 다 들어 드리겠습니다."

"제가 뭘 원하는지 알고 그런 말을 쉽게 하십니까?"

"군부 권력을 쥐되, 원하는 시기에 원하는 방향대로 따르겠다는 말입니다."

"그걸 당신이 마음대로 결정해도 됩니까?"

"네. 이제 더는 저도 물러서지 않겠습니다. 이미 말씀하시지 않았습니까? 몽유와는 정리가 될 것이라고."

"그렇죠. 그럼 부친께 말씀을 드리세요. 더 이상 눈치 보지 않고 이 일을 추진해 나갈 수 있도록 전권을 달라고."

"그리하겠습니다. 쿤디가 밀어주신다면 어려울 것도 없죠!"

어차피 우 싸오나 우 윈의 뒤로 줄을 선 형제들은 부정부패의 열차에 함께 올라탄 자들로, 이번 기회에 싹 정리해 뒷방으로 물러나게 할 생각이었다.

그렇다면 확실한 주도권을 가진 가문의 새로운 후계자가 필요하고 그 적임자로 마빈을 선택한 셈이다. 이미 능력을 검증받았고 아래 형제들의 지지를 받고 있으며 나름 조직도 갖추고 있다.

하지만 아직 몽유와로 대표되는 군부 조직의 힘을 감당할 수준은 못되던 차였는데, 부친의 공식 지지보다도 소이치로가 쥐고 있는 열쇠가 더 크게 보였던 것이다.

우 원을 하인처럼 부리는 바로 그 미증유의 힘!

인생 2막,
섬나라 재벌로!

84. 1 플러스 2

인생 2막,
섬나라 재벌로!

"내가 무리수를 뒀나 봐."

"아닙니다. 어르신은 최선의 수를 가르쳐 주신 겁니다. 테인 가문이 시대의 흐름에 부합하긴 하지만 군부의 힘을 통제하려면 우 가문의 협력은 필수불가결합니다."

"그래도 우 원의 파렴치한 행위는 나도 충격이었어!"

"미요키트 가주도 미처 헤아리지 못한 부분입니다. 알고도 묵인했다면 모를까, 장남의 입지를 고려해 여유를 준 것이 아쉬울 뿐입니다."

"우 싸오는 자격이 없지! 이미 돌이킬 수 없는 강을 건넌 셈이야. 가문의 안정을 위해서는 하루 빨리 후계자를 세우는 것부터 해야 할 것 같아."

이미 조치했다. 하지만 남의 가문 중대사에 끼는 것이 적절치 않아 보일 것 같아 대답은 삼켰다.

그것보다는 오전에 그가 뱉었던 말, 인연을 정리할 때가 된 것 같다는 것에 대해 의논하고 싶었다. 헤어짐도 시간이 필요하다는 말도 했으나 근본적인 해결책을 강구하고자 했다.

하지만 그 사실을 모르고 있는 실리완이 함께 있어 쉽게 화두를 꺼낼 수 없었다. 그런데 실리완이 그 어색한 분위기의 이유를 집요하게 파고들었다.

"아빠, 보스. 두 분 제가 모르는 무슨 일 있었죠?"

"아닙니다. 무슨 일은요!"

"에이. 아닌 것 같은데, 대체 왜 그래요? 아빠가 말씀해 주세요."

"완. 넌 지금 이 상황이 괜찮으냐?"

"뭐가요?"

"좋아하는 남자와 함께할 수 없는 네 처량한 처지 말이다. 비책을 냈지만 그마저도 통하지 않는 것 같아 하는 말이다."

"아빠……."

이렇게 대놓고 말하자 소이치로도 당황스러워졌다.

서로의 마음을 알고 있지만 이렇게 공개적으로 말할 화제는 아니라고 생각했기에 실리완도 그런 아빠를 흘겨봤다.

처량한 처지라니?

그렇게 느낄지라도 입으로 표현하고 나니 더 충격적이었다.

무슨 변명이라도 하고 싶었지만 소이치로는 의견을 낼 입장이 아니었다. 그러나 실리완은 욱하며 자신의 의견을 적극적으로 피력했다.

"아빠! 왜 처량하다는 거죠? 전 지금 너무 행복해요. 이제껏 살면서 이렇게 좋았던 적이 없다고요!"

"완……."

"그리고 비책에 대해서는 왜 말을 하세요. 아직 보스는 모르고 있고 나도 더 좋은 방법을 찾고 있단 말이에요."

차논은 할 말을 잃었다.

그게 다 실리완과 따능을 위한 시도였는데, 그 마음을 몰라주는 것 같았기 때문이다.

그는 실리완의 행복하다는 말을 듣고는 어안이 벙벙했다. 어떻게 그럴 수 있는지 납득할 수가 없었던 것이다.

하지만 중요한 것은 당사자의 마음이 아니겠는가!

게다가 비법을 언급한 부분은 확실히 실수였다. 소이치

로가 고개를 갸웃거리고 있었기 때문이다.

"그래. 알았다."

"저라고 왜 욕심이 없겠어요. 저도 이 사람의 사랑을 받고 싶고 더 늦기 전에 이 사람을 쏙 빼닮은 아이도 낳고 싶어요. 하지만 우리 인연이 그렇다면 어쩌겠어요. 아쉬워도 전 지금 주어진 것에 만족하고 살 거예요."

"실리완."

"알아요. 아빠는 제가 정상적인 가정을 꾸리길 바라시죠?"

"그래. 네가 뭐가 부족해 짝도 없이 산단 말이냐!"

"왜 짝이 없어요. 꼭 결혼해서 같이 살아야 짝인가요? 전 그렇게 생각하지 않고 지금 이대로 이 사람의 곁에서 함께 일하는 것도 좋아요."

차논은 물론 소이치로도 말을 잃었다.

이런 고백을 듣다니, 감동적이지만 마음이 아팠다.

모르지 않았지만 이렇게까지 헌신적인 감정을 품고 있다고는 미처 의식하지 못했는데, 미안한 마음에 심장이 아렸다.

그러나 어쩌겠나!

자신에게는 영혼의 짝이라 믿어 의심치 않는 여인이 있고 일부일처제는 인류이라고 생각하는데.

와인을 다 비웠지만 취기는 느껴지지 않았다.

그리고 그날 밤 또다시 긴 꿈을 꿨다.

달콤한 느낌이 가득했던 그 꿈의 기억은 한 조각도 남지 않았으나 애써 찾아내려고 애를 쓰지도 않았다.

* * *

"자네 뜻대로 하게."

"감사합니다."

"감사는 내가 표해야지. 모르고 지나쳤다면 두고두고 아쉬웠을 퇴행을 바로잡아 줘 고맙네. 그 두 녀석은 앞으로 집안 대소사에 끼어들지 못하게 처리하겠네."

"저도 깨끗하게 잊겠습니다."

"그게 좋겠지. 그리고 마빈을 새로운 후계자로 지정할 것이니 염치없지만 자네가 많이 좀 도와주게."

"정성을 다하겠습니다. 다행히 마빈을 비롯해 민훼, 낫, 피앙은 매우 좋은 인재입니다. 각자의 역할을 잘할 수 있게 지원하겠습니다."

"대사가 잘 마무리되길 비네."

아침을 나누며 가주의 결단을 받아 냈다.

예측하지 못했던 난관을 만나 당황하고 답답했지만 사실

은 이제부터가 시작이라고 봐야 했다.

겪지 않아도 될 사건을 경험하며 어느 조직이든 한마음 한뜻으로 뭉치는 것이 참으로 어렵다는 생각을 하게 되었다.

그러나 나쁘지는 않았다. 어차피 벌어질 일이었다면 더 늦기 전에 터져 잘 마무리가 된 것이 차라리 낫기 때문이었다.

인사를 마친 소이치로는 마빈과 함께 몽유와로 향했다.

차논이 며칠 더 머물며 쉬겠다는 의향을 비쳐 보다 홀가분했다. 그가 측면에서 지원할 게 분명했기 때문이다.

“어서 오십시오.”

“어떻게 됐습니까?”

“원하시는 대로 정리했습니다. 가서 직접 보시죠!”

“형님. 고생하셨습니다.”

“마빈. 아버님에게 연락 받았다. 내 비록 형이지만 가주의 명을 받들어 몽유와의 모든 군권을 네게 넘길 것이니, 오후에 지휘관들을 모아 충성 서약을 받고 부대를 사열하자.”

“감사합니다. 싸오 형님은요?”

“지금 만나러 갈 거다.”

우 윈의 안내를 받아 북서군 사령부로 향했다.

사택이 아닌 그곳으로 향한 이유는 우 원이 사령관인 싸오를 체포해 감금했기 때문이었다.

또한 자신을 믿고 따르던 수하들도 모두 체포했다.

실질적인 권력자인 본인 스스로 자신의 수족들을 모두 잡아 가둔 것만으로도 그가 어떤 마음가짐인지 알 수 있었다.

물론 딴마음을 품으면 극한 고통에 시달리도록 압제를 가했고 그가 몇 차례 심령의 덫을 벗어나려고 시도하다가 극한의 고통을 맛본 것도 사실이었다.

쇠창살 안에 갇힌 우 싸오를 만났는데, 다짜고짜 욕설부터 쏟아 냈다. 얄팍하고 가벼운 성품이라고 소리치는 것 같았다.

"바로 네놈이로구나!"

"우 싸오. 이미 끝났어. 말을 가려서 해."

"이런 미친놈! 우 원, 네가 감히 나를 배신하고 저 일본놈한테 붙어? 그러고도 네놈이 무사할 수 있을 것 같아!"

"가엽기도 하지. 우리 소가주. 하지만 너도 나도 이미 끝장이 났어. 아버님의 명이 떨어졌으니까 더 이상 추하게 굴지 말고 이 상황을 받아들여."

"이게 다 네놈이 저지른 짓이잖아. 내가 왜?"

"어허! 맞아야 정신을 차릴래?"

"……."

소이치로는 한 마디도 하지 않았다.

성급하게 마구 지껄이는 싸오의 발악을 받아 준 것은 우 원이었다. 그러고 보면 이 모든 파탄의 원흉은 그였다.

그런데 도리어 먼저 변심해 함께하기로 작당한 동지들을 하루아침에 모두 배신한 셈이니, 우 싸오 입장에서는 억울하고 화를 참기 어려웠을 것이다.

하지만 맞아야 정신을 차리겠냐는 말에 입을 꾹 다물었다. 무슨 꼬마 애들도 아니고 어떻게 그럴 수가 있는지, 납득이 되질 않았다.

"마빈. 소가주로서 당신이 처리해야 할 첫 임무인 것 같소."

"그렇군요. 싸오를 즉시 본가로 압송해 뇌옥에 가둬라!"

"야! 마빈. 이 새파란 새끼가 대체 뭘 믿고 이 지랄이야!"

"윈. 가문의 죄인인 저자의 입을 다물게 하시오."

"네."

"이, 이봐! 아아악!"

이런 장면을 연상하지는 않았다.

하지만 체포되고도 아직 상황 파악을 끝내지 못한 싸오를 징치하는 마빈의 결정은 다분히 전략적이었다.

왜냐면 옆에 붙어 있는 감방에 놈의 수하들이 긴장한 채로 대기 중이었기 때문이다. 한 배에서 태어나진 않았지만 부친의 피를 이어받아 태어난 형제들이다.

하지만 소가주의 권위는 스스로 세워야만 했다. 이미 자격을 상실하고 죄인이 된 싸오를 압박함으로써 제 권위를 세우는 것이 바람직하지는 않았으나 지금은 시기적절했다.

당당한 척 호기를 부리던 싸오는 딱 2대 맞고 기절해 버렸다. 그런데 그가 쓰러진 자리에 우 윈도 함께 엎어졌다.

쓰러진 놈이 원망 어린 눈빛으로 소이치로를 쳐다봤다.

"뭡니까? 시키는 대로 다 했는데?"

"그런다고 네 추악한 죄가 사라지진 않아. 다만 정상을 참작해 죽이지는 않을 것이니 감사할 줄 알거라."

"이런!"

"마빈. 이자도 함께 묶어 본가로 압송하십시오."

"네. 뭣들 하나? 데리고 나가!"

우 윈은 아직 자신의 역할이 남았다고 판단한 것 같았다.

군벌을 장악하려면 그 속을 가장 잘 아는 자신이 필요하다고 생각해 타협의 여지가 있다는 야무진 생각을 품었었다.

하지만 소이치로는 과감하게 잘라 버렸다.

비상한 재주를 유용하게 써 볼 생각도 해 봤고 기껏 협조했는데 뒤통수를 때리는 것 같아 찜찜했지만 자신이 싸지른 오물을 치우는 것은 당연했다.

뜻대로 되지 않자 무력을 동원한 행위는 용납되지 않았고 그나마 목숨을 살려 줄 근거를 스스로 만들었을 뿐이었다.

암적인 존재 둘을 치워 버린 소이치로는 이후 일정에도 마빈과 함께 움직였다. 체포 구금된 자들을 비롯한 수뇌부는 새로운 소가주의 등장에 바짝 긴장하며 머리를 조아렸다.

"보스. 이걸 다 지켜보셔야 하나요?"

"네. 혹시나 딴마음을 품은 자가 없는지 확인해야 합니다."

"그게 보면 보이나요?"

"우 윈의 생각을 읽었잖습니까. 찜찜한 놈들이 있어서 그들을 가려내 후환을 없애야 합니다."

"아!"

비리와 월권으로 제 배를 불린 자는 한둘이 아니었다.

미얀마는 오래된 군부독재로 인해 군부 자체가 강력한 카르텔로 굳어진 상황이었다. 스스로 지배 계층이라는 엘

리트 의식을 가졌다는 사실에 놀라지 않을 수 없었다.

건국과 동시에 소수민족 반군과의 내전이 일상화된 미얀마군은 다수의 전사자가 나왔는데, 군인 미망인들은 다른 미혼 군인이나 사별한 군인과 결혼해야만 한다.

일반 국민들과 혈통조차 섞지 않는 폐쇄적인 계층이 되었는데, 이것이 심각한 인권침해라는 인식조차 미약했다.

사태의 심각성을 고려하며 문제 지휘관을 추려 냈는데, 그 수가 무려 백여 명에 달해 2차 심리가 필요할 정도였다.

"감사합니다. 대표님."

"마빈. 강력한 카리스마를 보여야 할 겁니다."

"그건 걱정하지 마십시오. 일단 결정되면 상명하복의 문화는 확실히 지켜집니다. 오히려 적체된 진급을 적절히 활용하면 새로운 지휘부를 꾸리는 것은 어렵지 않을 겁니다."

"지금 같은 선민의식을 유지한다면 어렵게 민주화를 쟁취해도 또다시 군화에 짓밟힐 가능성이 높다고 봅니다. 그 점을 염두에 두고 병영 문화 개선과 민주의식 고취를 위한 교육 프로그램의 운용을 권합니다."

"저희에게는 그런 프로그램이 없습니다. 모범적인 것이 있다면 지원 좀 부탁드립니다. 저도 적극 협조하겠습니다."

웃을 수밖에 없었다.

민주의식은 배워서 만들어지는 것은 아니기 때문이다. 각개의 사회가 처한 현실과 환경에 따라 다양한 답안지가 존재하는데, 마음만 앞서 그런 말을 하고 말았다.

하지만 그러겠노라 대답했다.

찾으면 방법은 얼마든지 나올 것이라고 믿었기 때문이다.

남의 집안일에 이렇게까지 끼어드는 것이 내키지는 않았으나 자신이 직접 손을 대는 바람에 보다 애착을 가지게 된 면도 없지 않았다.

"마빈. 양곤에 내려가는 대로 바로 디데이를 잡겠습니다."

"아직 시간이 좀 남았는데요?"

"더 이상 길게 끌고 가고 싶지 않습니다. 일단 현재 돌아가는 상황부터 점검하고 가급적 빠르게 날을 잡을 테니 소가주도 언제든 움직일 수 있게 준비를 해 두십시오."

"네. 자주 연락드리겠습니다."

3일을 엄하게 허비했다.

그래서 상황의 본질에 하루바삐 다가가기로 작정한 소이치로가 급기야 다시 양곤에 입성했다.

3일 전처럼 민훼, 낫, 피앙이 공항으로 마중을 나왔다.

물론 당시와는 전혀 다른 밝은 표정이 마음을 편하게 만들었다.

일단 SSL 미얀마 사업의 본부가 될 장소로 이동해 사업 관련 이야기부터 보고받았다. 민훼와 낮은 기대 이상의 성과를 만들어 냈고 법적인 하자가 전혀 없어 당장이라도 구체적인 투자가 가능하도록 준비를 마친 상황이었다.

"수고가 많았습니다. 곧 자금이 투입될 것이고 핵심 인력이 도착할 수 있도록 추진할 테니까 관련 부지 매입을 시작하고 인력 모집 공고부터 내십시오."

"벌써 시작한다고요?"

"네. 그동안 준비해 온 사업은 우리가 따로 구상하는 것과는 별개로 추진될 겁니다. 한 가지 유념해야 하는 것은 CDS 그룹도 동참할 것이라는 겁니다."

"테인 가문 말입니까?"

"네. 미얀마 현지의 사업 역량이 높은 슈에의 안목과 판단력이 긍정적인 결과를 도출할 것이라고 봅니다. 그러니 선의의 경쟁이라고 생각하고 최선을 다해야 할 겁니다."

어차피 사업의 주체는 SSL이다. 그걸 보조하면서 각종 특혜를 기대했던 그들 입장에서는 근간이 흔들리는 발언이었다.

왜냐면 슈에가 가진 사업가로서의 위상과 능력은 그들도

익히 인정할 수밖에 없는 수준이었기 때문이다.

하지만 주먹을 불끈 움켜쥔 민훼는 도리어 자신감을 피력했다. 이미 지분 투자를 통해 동업자로서 대접해 주겠노라 누차 밝혔지만 그건 가능하지 않다고 판단하고 있었던 것이다.

그저 뒤나 닦아 주고 부스러기를 받아먹을 것이라고 생각했는데, CDS도 동참한다면 파트너로써 함께 일을 하게 될 것이라는 말이 비로소 납득이 되었던 것이다.

"포지션은 어떻게 됩니까?"

"1+2 체제로 동등한 기회가 주어질 것이며 가급적 겹치지 않게 조정할 겁니다. CDS는 람리 섬에 경제특구를 조성할 구상이고 지방 정부와는 물론 중앙 정부의 지원을 최대한 끌어올 것이라며 장담하더군요. 우 가문도 분발해야 할 겁니다."

"저희도 달라 신도시에 인접한 남부 해안가에 사뭇쏭크람 산업단지를 모델로 삼은 공단을 조성할 계획입니다. 우린 이미 정부의 파격적인 혜택을 약속받았고 군부의 상황이 정리되면 추가적인 특혜도 가능해질 겁니다."

"슈에 회장이 조만간 여기로 올 겁니다. 그때 다시 논의합시다."

"보스. 왜 피앙을 피하셨어요?"

"내가?"

"네. 누가 봐도 회피하시던데, 뭐가 마음에 걸리신 거죠?"

"음……. 애당초 난 그녀를 이용해 민 아웅을 잡으려는 계획부터 찜찜했습니다. 굳이 여자인 그녀를 희생할 필요가 있나 싶었는데. 웃은 얼굴 뒤에 가려진 그늘이 보여서……."

"그럼 제가 따로 만나서 체크해 볼게요."

권력을 지닌 민 아웅의 아들놈은 덩치도 컸다.

그런 사악한 자의 주변에 여린 피앙을 두는 것부터 마음에 들지 않았다. 그런데 그녀와 면담하고 온 실리완의 표정이 심상치 않자 가슴이 덜컥 내려앉았다.

놈은 집요하게 그녀를 괴롭혔고 급기야 추행에 가까운 짓도 서슴지 않았다는 사실을 알아낸 것이다.

차마 오빠들에게는 밝히지 않은 이유가 대사가 자신에게 걸려 있었기 때문이었다. 안 그래도 껄끄러웠던 소이치로는 분노하지 않을 수 없었다.

"애꿎은 희생을 강요한 셈이군요."

"보스. 오늘 밤 초대를 받았다고 해요."

"초대라니요?"

"회식을 하자고 자기 집으로 불렀대요. 대학원생들이 다 모이기 때문에 거부하기도 애매한데, 굉장히 불안해하더라고요."

"그럼 완이 좀 도와주십시오. 오늘밤을 제삿날로 만들어 줍시다. 하하하!"

피앙이 실리완과 함께 놈의 집으로 향했다.

소이치로는 오가타와 함께 인근에서 대기했다. 일단 초대 받은 이들의 식사가 끝나야 움직일 것이기에 밴에서 기다리면서 패스트푸드로 식사를 해야 했다.

그런데 예상보다 훨씬 이른 시간에 연락이 왔다.

황급히 들이닥쳐 확인했는데, 어이가 없었다.

애당초 대학원생들은 오지도 않았다. 피앙이 오겠다고 하자 다른 학생들에게는 취소되었다며 오지 말라고 전해 피앙은 실리완과 둘만 그 집에 들어갔던 것이다.

"이게 어떻게 된 겁니까?"

"이 돼지 같은 새끼가 저를 추행하잖아요. 그건 제가 절대 못 참죠!"

"놈이 완을 건드렸단 말입니까?"

"네. 이 새끼는 구제불능이에요. 그런데 경호원들은?"

"군인 둘이 있었는데, 쉽게 제압할 수 있었습니다. 그런데 이 덩치를 어떻게 제압한 겁니까?"

"저도 비장의 수를 익혔다니까요! 따능이 가르쳐 줬는데,

이렇게 유용할 줄은 몰랐어요.”

“그럼 이제 제가 처리할 테니까 소파에 앉아서 좀 쉬세요.”

“잠깐만요. 저 손가락은 제가 좀.”

놈을 침실로 끌고 들어갈 생각이었다.

보기 험악한 장면이 연출될 수도 있을 것 같았고 익히 알고 있는 실리완은 상관없지만 피앙이 보는 것은 적절치 않다고 생각했기 때문이다.

하지만 실리완은 자신의 엉덩이를 더듬은 놈을 강력한 음기가 집약된 한 방으로 제압한 것도 모자라 놈에게 다가가더니 오른손을 질끈질끈 밟아 버렸다.

손가락이 부러지는 기괴한 음향이 스산하게 울려 퍼졌지만 그녀는 개의치 않고 완전히 걸레를 만들어 버렸다.

덕분에 기절해 있던 놈이 깨어나 비명을 질러 댔다.

“닥쳐!”

“누, 누구냐? 넌?”

“널 지옥으로 데려다 줄 저승사자. 들어가자.”

놈은 꿈처럼 느껴졌는지 부러진 손가락을 부여잡고 계속 소리를 질러 댔다. 아마도 경호원들을 부르는 것 같았다.

하지만 아무 소용이 없었다. 놈을 경호할 두 놈은 이미 제압되었고 이 집은 주변에 민가가 없는 외딴 별장이었기에 아무리 소리를 질러도 반응할 사람은 없었다.

소이치로는 그를 끌고 들어간 뒤 10여 분이 지나 나왔다.

그리고는 파오 대령과 함께 그의 차에 올라탔다. 실리완이 무슨 영문인지 물었지만 오가타와 같이 차를 타고 따라오라는 말만 남기고 차를 출발시켰다.

오가타가 황급히 뒤를 따랐지만 불안감을 감추지 못했다. 최소한의 계획이라도 얘기해 주면 좋으련만 그러질 않았다.

"파오. 넌 왜 파티에 가지 않았지?"

"고리타분한 노땅들이 다 모이는데, 제가 가서 뭘 합니까? 어차피 오늘 모임은 노름하려고 모이는 겁니다."

"노름?"

"네. 아쉬울 게 하나 없는 인간들이 돈에 대한 집착은 왜들 그렇게도 강한지 난 도무지 이해가 되지 않습니다."

"그것도 범죄이긴 하지만 네놈처럼 애꿎은 여자를 겁탈하는 것보다는 낫잖아!"

"전 겁탈하지 않습니다."

"닥쳐! 신고하지 않는다고 합법이냐!"

놈을 심문하던 소이치로는 오늘 군부의 주요 인사들이 다 모이는 날이라는 정보를 취득했다.

민 대장군의 수족 같은 측근들은 물론 소 마웅 가문의 수뇌부들도 참석하는 갬블 정기전이 열리는 날이었던 것이다.

그렇다면 길게 기다리고 자시고 할 것도 없었다.

민 아웅 장군을 타격하기 힘든 이유는 그 저택이 군부가 보호하고 있는 군인 마을의 한가운데 위치하기 때문이었다.

하지만 파오 대령과 함께라면 일단 침투는 용이할 것이라고 봤고 노름에 정신이 팔린 자들을 제압하는 것도 어렵지 않을 것이라고 판단한 것이다.

"뒤차도 통과시켜!"

"대령님. 그래도 규정이……."

"이 새끼가! 너 어디 소속이야?"

"죄, 죄송합니다."

민 아웅 장군의 처소까지 검문소만 5개를 지나야 했다.

하지만 첫 번째 검문을 통과한 이후에는 무사통과를 했다. 지들끼리 통신해 차가 멀리 보일 때부터 게이트를 열고 군호를 붙였으며 차량은 거의 속도를 줄이지도 않고 지나갔다.

마침내 미얀마의 실세라고 할 수 있는 민 아웅 장군을 만났다. 아들과 함께 나타난 외국인을 슬쩍 쳐다만 봤을 뿐, 다시 테이블로 고개를 돌린 놈은 도박에 눈이 멀어 있었다.

그 테이블에 둘러앉아 있는 6명의 장군들은 한자리에 모으기도 힘든 군부의 최고 실력자들이라는 사실에 너무도 기뻐 심장이 요동을 쳤다.

"파오. 넌 지금부터 입구를 지켜. 아무도 들어오지 못하게."

"네."

파오는 권총까지 들고 밖으로 나갔다.

강아지처럼 소이치로의 말을 잘 듣는 그가 지키는 출입문을 통과할 수 있는 사람은 없을 것이다.

권력의 정점에 있는 이 작자들은 갬블에 참가한 사람 외에는 아무도 이 방에 접근하지 못하도록 조치했다.

서로 부정한 방법을 쓰지 못하게 아예 측근들은 모두 밖으로 몰아낸 것인데, 심부름을 하는 젊은 여성 둘만 서 있었다.

소이치로는 그녀들에게 손짓을 해 불렀고 가까지 다가오자 손가락을 툭 튕겨 기절시켜 버렸다.

"야! 시원한 커피 한 잔 줘."

"네. 바로 갑니다."

접대를 맡은 여성이 대답하지도 않았는데, 노름에 정신

이 팔려 커피를 달라던 놈도 미처 의식하지 못했다.

아무리 장남이라도 낯선 외국 남자를 데려와 인사를 시켰고 그놈은 다시 밖으로 나갔는데, 어떻게 6명이 판에만 집중해 방에서 일어난 변화를 캐치 못 했는지 이해가 되질 않았다.

하지만 그 또한 소이치로의 새로운 능력이었다.

방에 들어서는 순간, 혹시나 모를 상황에 대비해 자신과 눈이 마주치는 이들에게 현혹의 기술을 시도했다. 어제 우원의 능력을 확인하고 자신도 적용 가능한지 확인했는데, 기를 운용하는 방법만 알면 어려운 게 아니었던 것이다.

쿵! 쿵! 쿵!

어떤 자는 테이블에 대가리를 박았고 어떤 자는 깜짝 놀라 일어서려다 의지와 함께 뒤로 나자빠졌다.

흥미로운 점은 이들 중에 독특한 능력을 지닌 자는 없었다. 만약의 사태에 대비해 모든 감각을 최고치까지 끌어올렸던 소이치로는 너무 쉽게 제압되어 오히려 허망했다.

하지만 찾아온 목적을 잊지 않고 곧바로 행동하기 시작했다. 그 6명의 기억을 단기간에 다 읽는 것은 불가능했다.

그래서 한 가지 명령만 확실하게 전달했다. 그리고 두 가문의 주장에게는 조금 더 시간을 할애해 자신에게 호의적인 입장을 고수하며 때론 복종할 수 있도록 세뇌를 진행했다.

"파오 대령. 뒷정리 잘 부탁해. 그리고 내일 오전 9시에 네가 직접 아버지를 모시고 내가 머무는 호텔로 찾아와!"

"네. 안전은 보장해 주십시오."

"그래. 착하게 살겠다면 못 살게 굴 이유가 없지. 하하하!"

"나갈 때도 불필요한 검문 받지 않게 연락도 취해 주고."

"네. 알겠습니다."

생각보다 훨씬 수월하게 결과를 봤다.

하지만 타인의 생각을 좌우하는 것은 여전히 께름칙했다.

사람은 각기 태어나 보고 배운 대로 사는 것이 순리이고 어느 날 갑자기 하늘에서 뚝 떨어진 사람처럼 행동할 수 없으며 주변 사람들과 함께 어울려 삶을 영위하기 때문이다.

그런 관점에서 보자면 인생 2막을 살고 있는 자신이 되레 정상이 아니기에 타인의 삶에 직접 간섭하는 것이 꺼려졌다.

그럼에도 불구하고 과도한 야욕으로 불특정 다수에게 고

통을 가하는 이들을 그냥 지나칠 수는 없었다. 다만 이런 방법에 익숙해지게 되는 것이 걱정스러웠다.

너무 쉽게 목적을 달성할 수 있기 때문에.

그러나 본능이 말하고 있었다. 자제해야 한다고.

그리고 과도한 능력을 발휘한 대가는 곧바로 나타났다.

"보스!"

"……."

"보스! 보스!"

갑자기 수마가 밀려들었다.

몸이 축 쳐지고 눈꺼풀의 무게조차 이기지 못한 채 눈이 스르르 감겼으며 몸이 쭉 미끄러지며 정신을 잃고 말았다.

화들짝 놀란 실리완이 자신의 이름을 부르는 소리가 마치 열차를 타고 떠나는 애인의 애달픈 외침처럼 들려왔고 이내 깜깜한 어둠에 갇히고 말았다.

느닷없이 실신한 소이치로를 부여안은 실리완은 어서 호텔로 가라고 소리를 질렀다. 오가타는 병원부터 가야 하는 게 아닌지 의구심이 들었지만 실리완의 말을 따랐다.

* * *

얼마나 시간이 흘렀을까?

소이치로는 정신을 차렸다. 하지만 겨우 눈을 떴을 뿐, 손가락 하나 움직일 힘도 없었으며 음성도 나오질 않았다.

분명 오후에 정신을 잃었는데, 창문 너머의 밖은 깜깜했다.

힘겹게 시선을 내려 확인한 침대 모서리에는 실리완이 기대어 잠들어 있었다. 확신하건데, 그녀가 있어서 위기는 모면한 것 같았다.

하지만 지금처럼 무기력한 상태가 계속된다면 앞으로 어쩌나 걱정이 태산이었다. 일은 잔뜩 벌려 놓고 갑자기 운신도 못한다면 비틀어질 일이 한두 개가 아니었기 때문이다.

잠시 정신을 가다듬어 내기를 살피고자 했으나 그마저도 불가능했다. 그런데도 몇 번이나 반복해서 시도했다.

한 줌의 기운이라도 감지할 수 있다면 그것을 모토로 어떻게든 힘을 찾아볼 수 있을 것 같은데, 절망이 눈앞을 가렸다.

"보스!"

"……응."

"일단 깨어나셔서 정말 다행이에요. 아빠한테도 연락을 드렸고 연 이사에게도 연락했어요. 아빠는 지금 헬기를 타고 오고 계시고 사모님은 내일 아침 첫 비행기로 오신다고 했어요. 그러니까 힘 좀 내세요."

'이런…….'

다른 말은 필요 없었고 손을 내밀고자 했다.

맞잡으라는 의미였는데, 의지와는 달리 손은 꼼짝도 하질 않았다. 그런데도 실리완은 기가 막히게 호응했다.

곧바로 소이치로의 손을 잡은 것이다.

그런데 두 손이 맞닿은 순간, 소 대표의 몸이 심하게 떨리기 시작했고 이내 오한이 들면서 다시 정신이 가물가물했다.

그녀와 기운을 나누는 것이 정답이라고 생각했건만 오히려 역효과가 나타나자 실리완도 당황해 어쩔 줄 몰라 했다.

그리고 실제로 소이치로는 또다시 정신을 잃고 말았다.

밖에서 대기하던 오가타까지 후다닥 달려 들어왔다.

"어떻게 된 겁니까?"

"깨어나셨는데……. 다시 정신을 잃으셨어요."

"아! 병원에 가 봐야 하는 거 아닐까요?"

"저도 그러고 싶지만 실장님도 아시잖아요. 보스의 지금 상황은 현대 의학으로 진단이 불가능하다는 것을요. 괜한 오해만 낳을 거예요. 아빠는 언제쯤 도착하시죠?"

"이제 30분 정도면 도착하실 수 있을 겁니다."

"그럼 일단 아빠의 의견을 듣고 결정하죠."

"네."

그 30분이 얼마나 더디게 흐르던지, 기다리던 실리완은 쉬지 않고 소이치로를 마사지했다. 자신이 그랬듯이 소이치로에게도 자신의 기운이 도움이 될 것이라고 믿었기 때문이다.

그래서 더 극단적인 생각도 했지만 감히 시도하지 못했다.

도덕적인 기준 때문은 아니다. 확신할 수 없는 행위로 인해 소 대표의 상태가 더 위중해질 수도 있다는 염려 때문이었다.

그리고 마침내 차논이 도착했다.

"이게 대체 무슨 일이야?"

"갑자기 쓰러졌어요."

"왜?"

"그건 저도 모르죠!"

"그럼 쓰러지기 전에 무슨 일을 했는지 말해 봐."

정확히 알 수는 없지만 실리완은 자신이 아는 것을 전했다.

그 말을 들은 차논의 결론은 정답에 가까웠다. 너무 무리하게 능력을 사용한 부작용이 나타났다는 것이었다.

그래서 누차 강조해 오지 않았던가!

이럴 때를 대비해 평상시에 관리를 잘해야 하며 그 방법도 알려 줬다. 그건 자신의 핏줄들이 안전하게 살 수 있는 방법과도 연결되어 있었다.

그러나 끝내 고집을 부리며 거부하더니, 실리완이 옆에 있는데도 이런 황당한 상황을 겪으니 얄밉다 못해 화가 났다.

"이제 어떻게 해요?"

"이럴 경우를 대비하라고 내가 그렇게도 권했건만……."

"역시 그건가요?"

"그래. 난 밖에 나가 있으마. 지금이라도 네가 싫다면 강요할 생각은 없어."

"나가세요. 제가 알아서 할 테니까 내일 아침에 봬요."

그날 밤 그 방에서 어떤 일이 일어났는지는 실리완 이외에 아무도 모른다. 차논은 이후에도 묻진 않았다.

분명한 것은 중요한 약속이 잡혀 있는 소이치로가 다음날 아침 일찍 멀쩡한 모습으로, 아니 그전보다 더욱 활기찬 모습으로 측근들 앞에 나타났다.

"어르신. 언제 오셨습니까?"

"자네가 쓰러졌다는 소릴 듣고 헬리콥터 빌려 타고 왔지. 무슨 젊은 남자가 그렇게 허약해!"

"그러게 말입니다. 하하하! 걱정 끼쳐서 죄송합니다."

"실리완은?"

"피곤하다며 더 자겠답니다. 병간호 하느라고 밤새 한숨도 못 자서 푹 쉬라고 했습니다."

"밥은 한술 뜨고 자야지. 녀석하고는……."

85. 권력은 달콤하죠

인생 2막,
섬나라 재벌로!

"호굴에 들어갔었다면서?"

"네. 기회가 절묘해서 놓칠 수 없다고 판단했습니다."

"성과는?"

"기대 이상일 겁니다."

"허허허! 그렇다면 다행이지만 아무리 그래도 능력을 과신하는 것은 위험해. 자네 밑에 딸린 식구들 생각도 해야지!"

"네. 뼈저리게 느꼈습니다."

소이치로는 중간에 잠시 깼었던 것도 기억하지 못했다.

그가 기억하는 것은 모든 일을 무사히 마치고 복귀하던

중, 갑자기 내기가 들끓기 시작하더니 정신을 잃은 것이었다.

몸 안에 기운이 한 톨도 남지 않았었다는 것조차 모르는데, 어떤 경과로 회복했는지도 알지 못했다.

다만, 실리완이 함께 온 것이 천만다행이라고 생각했을 뿐.

구상한 대로 민 아웅 대장이 나타났다.

자신과 함께 군권을 움켜쥔 또 다른 파트너와 같이.

그런데 끔찍한 것은 그의 방문에 호텔이 난리가 난 것이었다. 도착하기 전에 사복군인들이 들이닥쳐 소이치로 일행을 제외한 손님들은 다 내보냈다. 삼엄한 경비는 당연했고.

"어서 오십시오!"

"최근 일본을 들었다 놨다 하는 아유카와 가문의 후계자이자 태국 경제의 활력을 불어넣는 SSL 대표의 초청을 거부할 수가 있어야지. 소회의실을 비워 두라고 했는데, 가지."

"소 장군님도 뵙습니다."

"반갑습니다. 소이치로 대표. 홀린 듯 따라오긴 했지만 난 대체 이게 무슨 영문인지 모르겠습니다."

"소 장군께서는 아무 걱정하지 마십시오. 제가 알아서

잘 모시겠습니다."

"어허! 서운하게 왜 이러시나? 난?"

마웅의 핀잔에 소이치로는 씩 웃고 말았다.

분명 어젯밤 둘에게 같은 명을 심어 놨다. 그런데 소 마웅 장군은 한 치의 변화도 없는 그 상태로 왔는데, 아웅 장군은 뭔가 이상했다.

아마도 소이치로가 심은 세뇌를 풀려고 시도한 것 같았고 일부 해체가 되었다는 느낌을 받았다.

하지만 근본적인 명령은 거부할 수 없었고 생각과는 달리 이 자리에서 딸려 올 수밖에 없었던 것이다. 요란하게 검문을 하고 경호를 실시한 이유가 밝혀진 셈이다.

"다들 나가라고 하시죠!"

"이건 의전일세. 군 통수권자에게 마땅히 주어지는!"

"그래서 지금 제 부탁을 거절하시는 겁니까?"

"아, 아니야. 뭣들 해! 다 나가!"

소이치로도 배석했던 측근들을 다 물렸다.

그래야 형식이라도 갖춰지기 때문이었다.

두 장군 모두 허리춤에 권총을 차고 있었고 호통까지 쳤으니 부관들도 큰 걱정은 하지 않고 물러나는 것 같았다.

그러나 문이 닫힌 뒤, 소이치로는 자세부터 달라졌다.

소파에 깊이 뒤로 몸을 기댄 채 마웅을 차갑게 쳐다봤

다. 그저 바라보기만 했을 뿐인데, 거만하게 앉아 있던 그의 등이 소파에서 떨어지면 상체가 절로 세워졌다.

그리고 터진 소이치로의 첫 마디.

"대가리가 나쁘면 아랫사람들이 고생합니다."

"……."

"게다가 주제를 모르면 가문이 풍비박산이 날 수도 있죠."

"소이치로 대표!"

"지금부터 내가 하는 말을 잘 듣고 그대로 하십시오."

"내가, 아니 우리가 자네 말을 왜 들어야 하는데?"

"매를 버는군! 미친 군바리 새끼!"

그저 손을 들어 가리켰을 뿐이다.

하지만 민 아웅은 머리를 감싸 쥐고 바닥을 뒹굴었다. 흥미로운 점은 분명 고래고래 비명을 지르는 것 같은데, 아무 소리도 들리지 않는다는 것이었다.

아무런 피해도 입지 않은 소 장군도 덜덜 떨고 있었다. 그는 이미 겁을 먹을 상태였고 뭐든 시키는 대로 할 마음가짐이 되어 있었는데, 그 장면이 남의 일 같지 않았던 것이다.

그런 배포를 지닌 자가 어찌 군부 2인자인지 납득이 되질 않았다. 민 아웅에게 찰싹 달라붙어 뒤를 닦아 주고 권력만 탐하는 자라는 것을 증명하는 셈이었다.

"특수작전국(BSO-야전군 개념)의 지휘권을 모두 우 싸우 가문에게 넘기란 말이오?"

"지휘권만 넘기는 것이 아니고 실질적인 권한을 모두 내려놓으라는 말입니다. 그래도 보는 눈이 있으니 야전군은 하나씩 유지하는 게 낫겠습니다."

"현재 어떤 포지션인지는 알고 있소?"

"네. 양곤을 비롯한 남부 전역을 커버하는 1, 2 야전군은 당신 가문이, 행정 수도와 동부, 동남부를 커버하는 3, 4야전군은 여긴 마웅 장군이 지휘하고 있는 거 아닙니까?"

"그걸 알면서도 권한을 내려놓으라는 말은……."

"맞습니다. 이제 군인다운 군인이 되라는 말입니다."

각 가문의 주력인 1, 3야전군에 전력을 집중시켜 우 가문에 넘기라고 지시했다. 남은 야전군 휘하에 2개의 지역군 사령부를 둬 중국, 라오스로부터 조국을 지키라고 명한 것이다.

중앙군부 권력을 버리고 야전으로 가게 되면 소수민족 반군과도 싸워야 하는 이중고를 겪어야 한다. 정말 받아들일 수 없는 지시였음에도 소 마웅 장군은 바로 대답이 튀어나왔다.

하지만 민 아웅은 끝까지 의지를 굽히지 않았다. 이미

뇌를 건드렸고 뜨거운 맛까지 보여 줬건만 독심이 장난이 아니었다.

"결국 내가 손을 더 쓰게 만드는군!"

"소이치로 대표. 그게 무슨 말입니까?"

"당신을 꼭두각시로 만들지는 않겠소. 하지만 이후 벌어질 안타까운 상황에 대해 나를 원망하지 마시오."

"그게 대체 무슨 말이냐는 겁니다."

"파오 대령처럼 바보가 된다거나, 가족 중에 누군가 나서서 그간의 부정부패를 모두 까발린다든가, 그 외에도 여러 가지 상황이 닥칠 수 있지. 모르긴 몰라도 얼굴 들고 살 수는 없을 것이오!"

"소이치로 대표!"

독한 인간이었으나 그는 이미 권력의 끝을 본 자였고 더 중요한 것은 가문의 영화를 이어 가는 것이었다.

그런데 자신의 대에서 모든 것이 망하게 될 수도 있다는 생각에 정신을 차리지 못했다. 이미 장남 파오는 정상이 아니었다.

그냥 바보 멍청이가 되었다면 차라리 나을 텐데, 아무 이유도 없이 부모에게 대들고 가족들에게 해코지를 하는 등, 격리가 필요한 지경이었다.

그런데 다른 자식이나 손자들에게도 그런 일이 생긴다는

생각을 하니 눈앞에 깜깜했던 것이다.

“명예로운 군인의 삶을 살겠다면, 그 결의가 확고한 행위로 밝혀진다면 아픈 상황들은 개선될 것이오.”

“명예로운 군인의 삶이라……. 차라리 군부에서 손을 떼고 다른 일을 하는 것은 괜찮겠소이까?”

“그러시든지.”

“좋소. 받아들이겠소.”

“입에 담고도 지키지 못하면 훨씬 더 가혹한 결과를 맞을 수도 있음을 명심하시오.”

“한 가지만 더 물어도 되겠습니까?”

“왜 우 싸우 가문이냐고 묻고 싶은 거라면 그나마 그들이 가장 깨끗하고 믿을 수 있었기 때문이오. 돌아가는 대로 무엇을 어떻게 진행할 것인지 보고하시오.”

그렇게 돌려보냈다.

그냥 딴마음을 품지 못하게 세뇌해 버리면 간단하지만 그러지 않았다. 인간의 자유의지를 꺾는 것은 바람직하지 않음을 몸소 절절히 체감했기 때문이다.

때문에 선택의 여지를 남겼다.

물론 그 또한 꼼짝달싹할 수 없는 덫을 놨지만 기왕이면 스스로 올바른 선택의 길로 나서길 바랐다.

그래서 당분간은 주의 깊게 지켜봐야만 했다.

"너무 쉽게 믿으신 건 아닌가요?"

"두고 봐야죠. 압수했던 스마트폰에 윤 실장이 제작한 프로그램은 심었습니까?"

"네. 그걸 통해 어디서 무엇을 하는지 세이프티를 통해 점검을 할 수 있는 건가요?"

"그건 나도 자세히는 모릅니다. 워낙 이자들이 IT와는 친숙하지 않아 얼마나 실효성이 있을지 모릅니다."

그건 만약을 위한 안전장치일 뿐이고 소이치로는 그들이 미처 눈치를 채지 못한 순간, 또 다른 암시를 걸어 뒀다.

자신이 심어 준 의지와 상반된 결정을 내리면 간질 환자처럼 거품을 물고 자지러지게 만든 것이다.

그리고 민 아웅 장군에게는 한 가지 더 요구한 것이 있었다. 자신이 걸어 둔 암시를 풀려고 시도했던 특수한 능력을 지닌 자들을 돌아가는 즉시 압송하라는 것이었다.

알겠다고 대답한 것을 보면 그런 능력자들을 데리고 있다는 것이 역으로 증명이 된 셈이다.

실제로 자신의 주변에도 초능력을 지닌 자들이 있긴 하지만 결코 흔하지 않기에 대체 어떤 이들인지 궁금했고 필요하면 요긴하게 활용할 수도 있다고 판단했다.

* * *

두 가문의 주인이 곧바로 움직이기 시작했다.

그걸 기점으로 미얀마의 일은 일사천리로 진행되었다.

우 싸우 가문의 일족이자 미요키트의 사촌 동생이며 직접 만나 본 결과, 매우 후덕한 인물이라는 결론에 이른 우 통이 군부의 최고 사령관으로 추대되었다.

한 국가의 국방을 책임지는 중책을 대통령이나 국회가 관여하지 못하고 군부가 스스로 임명한다는 것부터 가관이었다.

여하튼 약속대로 두 가문은 변방으로 나가기로 결정되었다. 그에 맞는 보직이 정해졌고 군부도 새로운 지휘 체계를 형성하게 되었다.

"우 통 사령관이 취임식에서 직접 군부의 정치 개입을 금지한다고 발표한 것이 국민들의 열렬한 환호를 받고 있습니다."

"다행이군요. 하지만 마빈, 그렇게 흥분에 젖어 있을 때가 아닙니다. 소장파 장교들을 중심으로 구국의 결단에 반대하고 항거하려는 불온한 동향이 없는지 살펴야 합니다."

"그 점은 염려하지 않으셔도 됩니다. 우리 군부의 지휘 체계상 별을 달지 못한 영관, 위관 급 장교들은 감히 그런 상상조차 하지 못할 겁니다. 워낙 빡세게 구른 자들이라서!"

"참……. 답답하십니다. 장군이 되어서 온갖 영화를 누린 사람은 알 수 없죠. 하지만 그걸 지켜보고 달려온 자들의 열망은 자폭도 두렵지 않을 수 있습니다. 그런 심리를 알고 이용하는 자가 없다고 장담하지 마십시오."

"네. 명심하고 확실하게 점검하도록 조치하겠습니다."

군부가 권좌를 누린 기나긴 세월을 감안하면 우 통 사령관의 결단이 그야말로 청천벽력인 자들이 한둘이 아닐 것이다.

어느 날 갑자기 자신의 꿈이 산산이 부서져 버린 젊은 군인들의 복잡할 심리를 절대 간과하면 안 된다. 그래서 꼭 필요한 조언을 한 것인데, 마빈은 그에 대한 감각조차 없었다.

허투루 듣는 그를 보며 소이치로는 갑갑함을 느꼈다.

그래서 꺼내기 싫은 말을 던지며 그의 주의를 환기시켰다.

단 한 번의 실수로 패가망신을 할 수도 있다고. 몸을 움찔할 정도의 큰 반응을 보고나서야 겨우 안도할 수 있었다.

군부 문제가 정리되면서 마빈과 슈에를 불러 미얀마에서

벌일 'SSL 미얀마'의 사업 계획도 방향을 잡게 되었다. 일단은 두 가문에게 공평한 기회를 부여하기로 결정했다.

"마빈. 감당하실 수 있겠습니까?"

"본 가문의 모든 역량을 집결해 기대에 어긋나지 않도록 열심히 해 보겠습니다."

"사람을 잘 쓰는 것이 중요할 겁니다. 슈에 회장께서는 어떻습니까?"

"음……. 아쉬운 점이 없지 않지만 저희 역시 결과로 보여 드리고 나서 말씀드리겠습니다."

"좋습니다. 본의 아니게 두 가문이 경쟁 아닌 경쟁을 하게 되었는데, 서로 협력하는 모습도 기대해 보겠습니다. 왜냐하면 진정한 경쟁 상대는 우리 안에 있는 것이 아니고 외부에 있기 때문입니다."

미얀마 내에서는 감히 경쟁의 대상이 없다.

하지만 미얀마의 정국이 안정되면 물밀듯이 밀려들 외국 자본들은 강력할 것이다. 그들보다 우위에 설 수 있는 기반이 닦이기는 했으나 그걸 믿고 자만할 수는 없었다.

아직 투자가 미진할 때 선점의 효과를 톡톡히 누려야 하며 군부가 정치에서 손을 떼게 되면 그동안 국영기업이 운영하던 각종 이권 사업을 단계적으로 민영화하게 될 것이다.

그중에서 부가가치가 높은 사업을 우선적으로 맡을 수 있도록 물밑 작업도 병행해야 하는데, 거기에 너무 과도한 관심을 가지는 것을 자제시킬 필요가 있었다.

"전체 윤곽이 나오면 합리적인 선에서 분배할 겁니다."

"공개 입찰이 아니고요?"

"하하하! 운영 능력과 재정 상황을 고려한 공개 입찰을 하게 되면 CDS가 유리할 것이라고 생각하십니까?"

"아무래도 외국 자본에 내줄 수 없는 산업이라면 저희가 유리하지 않을까요?"

"만약 CDS가 그런 독단적인 결정을 내린다면 저희 SSL이 직접 나설 겁니다. 그러니까 불필요한 마찰은 삼가는 것이 좋을 것 같습니다."

"아! 무슨 말씀인지 알겠습니다. 자중하죠."

CDS가 여러 모로 유리한 것은 사실이었다.

그러나 하고 싶은 대로 놔둘 경우, 문제가 될 소지도 있다고 판단한 소이치로는 강력한 경고의 메시지를 날렸다.

어떻게 얻은 기회인데, 남 좋은 일만 할 수는 없지 않겠나!

특히나 유전과 관련된 원유 채굴과 화학 관련 사업은 SSL도 놓칠 수 없는 중차대한 사업이라고 볼 수 있기 때문이다.

사업에 대한 대화가 일단락되자 소이치로는 아무도 언급하지 않았던 마지막 화약고에 대한 이야기를 꺼내 들었다.

"두 분이 신경 써야 할 것이 하나 더 있습니다. 민주화 세력이 과도한 욕심을 부리지 않도록 조절해야 합니다."

"그냥 흐름대로 놔두지 않을 생각이십니까?"

"권력은 달콤하죠. 하지만 국민들의 지지를 받아 정권을 잡은 세력이 폭주를 한다면 그땐 어쩔 겁니까?"

"음……. 그럴 가능성을 배제할 수는 없겠군요."

"그렇습니다. 이런 말씀을 드리기 송구하지만 미얀마의 민주화 성숙도는 아직 충분하지 않습니다. 사람은 어려서부터 보고 배운 대로 생각하고 행동하게 되어 있습니다. 집권 세력이 또 다른 군부가 되어 군림하려고 획책할 수도 있다는 점을 간과하면 안 됩니다."

위험한 발상일 수도 있다.

자본이 정치를 좌지우지하는 결과로 비칠 수 있기 때문에.

그러나 더 이상 쿠데타가 일어날 가능성이 없다면 권력을 잡을 수 있는 정치 세력들 간의 투쟁이 과열될 확률이 높다.

그런 전력이 있는 국가이기도 했고.

집권 세력이 장기 집권을 위해 정적을 제거하거나 제 세력을 키우기 위해 부정과 비리로 얼룩진 경우는 섣부른 민주화를 이뤘던 국가들에게서 흔히 볼 수 있었던 패착이었다.

그래서 여러 가능성을 염두에 두고 미리미리 조절할 필요성을 언급한 것이다. 권력의 맛에 흠뻑 젖어 독재를 꿈꾸지 못하도록 민주 정권의 주요 인사들을 관리할 필요가 있었다.

"차라리 저희가 정당을 만드는 것은 어떻습니까?"

"슈에. 저희라니요? 저는 기본적으로 미얀마 정치에 관여할 마음이 없고 자본과 정치가 하나가 되는 것에 반대합니다."

"이미 저희 두 가문의 적잖은 식구들이 정치활동을 하고 있습니다. 그것은 어쩝니까?"

"그것까지 말릴 수는 없겠죠. 제가 우려하는 것은 자본이 정치를 잠식해 더 큰 폐해를 낳는 것에 반대한다는 겁니다. 이 국가를 위해서도 풀뿌리 민주주의를 훼손하지 않는 범위 내에서, 그리고 안정적인 자본으로 정치가 오염되지 않도록 막는 긍정적인 역할을 하길 바랄 뿐입니다."

테인 가문은 이미 오래전부터 군부와 손절하고 사업에 뛰어들었으며 지역 정치인들을 다수 배출하고 있다.

군부의 기세가 이렇게 꺾인 것이 그들에게는 다시없을

기회가 된 셈이다. 하지만 새롭게 군부의 권력을 잡은 우통 사령관이 정치 개입 금지를 선언하는 순간, 우 싸우 가문이 얻게 될 명성은 모두가 상상하는 것 그 이상일 것이다.

언제나 강력한 위협이었던 반민주 군부 세력을 외곽으로 몰아낸 영웅적인 결과와 더불어 진정한 민주화를 이룰 수 있는 기반을 구축한 가문으로 기록될 가능성도 높다.

그럼에도 불구하고 마빈은 언급을 자제했다.

"전 선명하고 청렴한 정치 지도자가 나오길 소망합니다."

"혹시 염두에 두고 있는 인물이라도 있으십니까?"

"아닙니다. 그런 기대를 하는 이유는 현 정치권의 인사들은 이미 이쪽이든 저쪽이든 정치적인 빚이 많은 것 같아서 우려가 된다는 겁니다."

"그건 부정할 수 없죠."

"자신의 근본마저도 희생할 수 있는 과단성을 가진, 정의와 민주화에 대한 의식이 뚜렷한 젊고 유능한 지도자가 올곧게 성장할 수 있으면 좋겠고 두 가문이 그런 대국적인 사고에 기초해 인물을 키워 나가시길 기원합니다."

지극히 원론적인 언급이지만 저변에 깔린 의향은 분명했다.

성숙한 민주화는 단번에 이루지 못할 것이라는 생각, 그건 무르익지 않은 국민 정서나 정치인의 그릇과도 무관치 않았다.

물론 소이치로가 수많은 미얀마 정치인들에 대해 다 파악하고 있는 것은 아니었기에 쉽게 입에 담기는 어려웠으나 한국이 이룬 민주화의 과정을 돌아보면 답은 그 안에 보였다.

실로 어마어마한 희생과 아픔이 오랜 세월에 걸쳐 각 단계마다 깊이 서려 있지 않던가!

그런 과정도 없이 한순간에 얻어질 리가 없다고 생각하는데, 마빈은 물론 슈에마저도 그 부분에 대한 이해가 부족했다.

"보스. 이부용 이사가 지금 즉시 긴급하게 통화를 원한다고 해요."

"제가 5분 후에 직접 이 이사님 휴대폰으로 전화를 하겠다고 전하세요."

"네."

그저 통화를 원한다는 전달을 받았을 뿐인데도 느낌이 확 왔다. 심상치 않은 소식이 기다리고 있을 것이라는 예감.

그래서 서둘러 미얀마에서의 길었던 여정을 마무리하게 되었다. 어차피 가닥은 다 잡았고 이젠 맡은 이들이 가시적인 성과로 보여야 할 차례였다.

무려 열흘이나 머물며 미처 몰랐던 현지의 세세한 사정까지 꼼꼼하게 확인하고 구체적인 지시도 적지 않게 내렸다.

그래서 떠나는 발길도 무겁지는 않았다.

아니, 오히려 굉장히 뿌듯했다.

누가 동의할지는 모르지만 군부의 쿠데타를 원천적으로 막은 자신의 결정은 미얀마라는 국가가 새로운 지평을 열 중대한 전환점이 될 것임을 믿어 의심치 않기 때문이었다.

"접니다. 이 이사님."

'보스! 드디어 터졌어요!'

"설마……. 전염성 바이러스입니까?"

'네. 중국 우한에서 지난 17일에 첫 진단이 나왔는데, 아직도 사실을 공개하지 않아 급속하게 퍼지고 있는 것 같아요.'

"왜 발표를 하지 않는 겁니까?"

'잡을 수 있다고 오판한 것 같아요.'

"잡을 수 있다고 생각했다는 것은 연구 과정에서 파생된 것일 수도 있다는 거군요?"

이부용도 즉답은 피했다.

그게 불러올 파장을 고려하면 확실한 증거도 없이 확증을 하는 것이 위험하기 때문이었다.

어차피 이 판에 적극적으로 끼어들어야 하기에 과학적으로 검증되지 않은 사실을 입에 담는 것부터 조심할 필요가 있었던 것이다.

문제는 열흘이 지나도록 왜 아직도 공개하지 않아서 위험을 키우고 있느냐는 것인데, SSL 바이오로서도 신중하지 않을 수 없었다.

'일단 진단과 치료제 개발을 위해서는 원인 바이러스부터 확보를 해야 할 것 같아요.'

"그걸 구할 수 있는 방법이 있습니까?"

'제가 직접 우한으로 들어가려고요!'

"안 됩니다! 제가 2시간 후면 연구소에 도착할 수 있으니까 무조건 기다리십시오. 알겠습니까?"

'흐흐흐. 네.'

소 대표가 화를 벌컥 냈다.

왜냐면 아직 확인되진 않았으나 이번 바이러스가 어떤 결과를 불러올지 이미 예지 영상을 통해 충분히 봤기 때문이다.

그런 상황을 누구보다 잘 아는 그녀가, 이번 프로젝트의

헤드헌터인 그녀가 위험의 중심지인 우한으로 들어간다고 하니 어이가 없었던 것이다.

그러나 좀처럼 감정을 드러내지 않는 소 대표가 화부터 와락 내자 이부용은 오히려 기분 좋은 웃음소리를 흘렸다.

마치 그럴 줄 알았다는 듯, 웃는 반응에 당했다는 생각이 들었다. 하지만 그녀의 말은 빈말인 것을 아니었을 것이다.

빠른 대처를 위해서는 원인 바이러스의 확보가 시급했고 누군가는 해야만 할 임무였다. 책임자인 그녀로서는 남에게 미룰 수는 없었던 민감한 문제이기도 했을 것이다.

통화를 마친 소 대표는 최대한 빨리 사무실혼으로 복귀하라는 지시를 내렸다. 심각할 수밖에 없는 모습에 실리완이 조심스럽게 질문을 넣었다.

"보스. 걱정하던 그 상황이 정말로 실현된 건가요?"

"네. 매우 지독한 급성호흡기전염병이 창궐한 것 같습니다."

"설마 보스가 직접 위험한 일을 하시려는 건 아니죠?"

"그런 희귀 질병에 가장 면역력이 좋을 사람은 접니다. 이 이사도 특수한 능력을 보유했지만 그게 전염병에 통할 가능성은 낮습니다. 그러니 제가 가는 것이 가장 적절합니다."

"안 돼요!"

방금 전에 이 이사에게 했던 말을 실리완에게 들어야 했다.

그녀의 말도 나름 일리는 있었다.

책임질 식구들과 직원들이 몇인데, 확인되지 않은 위험지역에 가려고 하느냐면서 아주 모질게 다그쳤다.

그녀의 마음을 모르는 바 아니지만 누군가 해야 할 일이라면 자신이 가장 안전하다고 판단했다.

그런데 실리완은 또 다른 이유를 댔다.

"만약 누군가 감염이 된다면 보스가 고칠 수 있지만 보스가 감염되면 누가 치유하죠?"

"아직 증상이나 전염력, 치사율도 나오지 않은 미지의 바이러스입니다. 제가 가장 면역력이 높다고 보는 게 합리적이죠."

"아뇨. 최소한 저나 따능은 괜찮을 거예요. 설사 감염이 되더라도 보스가 고쳐 주시면 되잖아요."

"그럴 수 없습니다. 두 사람이 감염되지 않을 것이라는 확신도 없을뿐더러 제가 고칠 수 있다는 증거도 없습니다."

"그래도 전 못 보내요!"

실리완이 이런 적이 없었다.

소이치로의 결정이라면 자신의 생각과 다를지라도 늘 믿고 따랐으며 최선을 다해 도왔다.

하지만 미지의 바이러스 앞에서는 그녀도 완고했다.

실리완이 결사반대한다면 무리해서 몰래 가야 하나 고심하고 있었는데, 내내 조용히 지켜보고만 있던 차논이 한마디 거들었다.

그는 태국으로 복귀하지 않고 미얀마에 머물겠다고 했었다. 아무래도 소 대표의 공백을 메우시려는 것으로 보였기에 죄송하지만 안심할 수 있게 되었다.

그런데 그가 나섰다.

“뭔 소리인지 앞뒤 얘기를 좀 해 봐.”

“어르신은 신경 쓰지 마십시오.”

“어허! 내가 비록 능력의 상당 부분을 잃기는 했으나 자네보다 훨씬 많은 경험과 모진 고비를 넘어온 역전의 노장임을 잊은 겐가? 더 이상 사족 달지 말고 얘기해 봐.”

“그게…….”

긴말 할 것도 없었다.

사스, 신종 플루, 메르스와 비슷한 전염성 바이러스가 출현한다는 예지를 탐지했고 그에 대한 대비를 기울였으나 그 노력도 허무하게 이미 그 징후가 발견되었음을 언급했다.

그 뒤로는 이미 들었기에 그는 바로 의견을 제시했다.

다른 누구도 아닌 본인이 가겠다고.

소이치로는 펄쩍 뛰며 반대했으나 그는 본인 말아야 할 이유를 3가지나 댔다.

"자넨 중국 입국이 제한될 거야."

"네?"

"중국 정부로부터 블랙리스트에 올랐을 거라고."

"그게 무슨 말씀이십니까?"

"번번이 중국 정부의 행사를 방해해 오지 않았나? 기자들 앞에서 위험한 발언도 수차례 했었지? 게다가 자넨 크게 의식하지 않았지만 미얀마에 뻗어 놓은 마수를 다 무용지물이 되게 만들었으니 까딱 잘못되면 잡힐 수도 있어."

"제가 누군데 그런 짓을 하겠습니까?"

"쉽진 않겠지. 하지만 적어도 자네가 입국하면 일거수일투족을 감시할 걸세. 특히 우한으로 들어가면 바로 체포하려고 할 걸?"

거기까지는 미처 생각하지 못했다.

그런데 상당한 근거가 있는 말이었다.

그래도 일본 명문가의 후계자이자 세계적인 기업으로 발돋움하고 있는 경영인을 함부로 대할 수는 없을 것이다.

하지만 외부에 공개되지 않은 우한에서 시작된 바이러스

로 인해 비상이 걸린 상황이라면 감금을 당할 수 있으며 원하는 것을 취하는 데 상당한 어려움을 겪을 가능성이 높았다.

한시가 급한 임무인데, 엉뚱한 곳에서 발목이 잡힐 수는 없다는 생각도 하지 않을 수 없었다.

"게다가 난 자네나 내 수양딸들도 보낼 마음이 없어."

"젊은 저희들도 위험하다고 생각하는 그런 일을 왜 어르신에게 도맡으려고 하시는지 저는 납득할 수가 없습니다."

"난 자네처럼 사람의 마음을 헤아리거나 치유 능력은 없을지 몰라도 더 독한 질병들과 싸워 오지 않았나! 최소한 내 한 몸을 지킬 자신은 있으니 걱정일랑 붙들어 매시게."

"어르신의 능력은 의심치 않습니다. 그래도 보내드릴 수는 없습니다."

"어허! 자네 후베이성에 가본 적은 있나?"

"어르신은요?"

"나야 가 봤지. 그리고 제법 큰 거래를 했던 당 간부와 각별한 인연도 있으니까 자네보다 나을 걸세."

설득력이 있는 제안이었지만 받아들일 수는 없었다.

그의 노년을 편안히 모시는 것이 신세를 진 자신의 몫이지, 위험한 일을 자처하게 하는 것은 도리가 아니었기 때문이다.

하지만 미얀마에 남기로 했던 그가 비행기에 오르는 것을 막지 못한 순간, 말리기는 어려울 것이라는 생각은 들었다.

당신께서 뭔가 도움을 줄 수 있다는 사실이 기쁘다는 말을 하셨기에 얼렁뚱땅 같이 오게 되었는데, 비행기가 사무삭혼에 착륙하자 바로 쉬러 가시겠다고 했다.

피곤해서 침실에서 한숨 주무신다나?

그런데 바이오연구소에 도착할 무렵, 실리완으로부터 뜻하지 않은 보고를 받게 되었다.

"아빠가 우한으로 출발하셨어요."

"뭐라고요?"

"이미 이륙했어요. 걱정하지 말라고 전해 달라고 하셨어요."

"아!"

그의 속내를 읽지 않은 게 아니었다.

혹시나 하는 생각에 확인했는데, 홀딱 속은 것이다.

그는 정말로 피곤해 보였으며 다른 생각은 일체 읽히지 않았는데, 아직도 소이치로 정도는 마음만 먹으면 쉽게 속일 수 있는 능력의 소유자라는 것을 새삼 깨달았다.

그나마 그런 능력을 지니셨기에 안도할 수 있는 건가?

여하튼 이미 떠난 비행기를 돌릴 방도는 없었다. 그 전용 제트기는 본래 그의 소유이고 소이치로도 없는 비행기 조종 자격증까지 소유한 분이다.

"제발 조심하시라고 연락드리세요."

"전 아빠를 믿어요. 그러니까 걱정하지 마세요."

"완. 아무리 믿어도 그러는 거 아닙니다."

"보스……."

"미안합니다. 당신 마음을 모르는 것도 아닌데, 제가 괜한 투정을 부렸습니다."

"정말 잘해 내실 거예요. 그만한 능력이 있으신 분이고 설사 감염되어 오시더라도 보스가 치료해 드리면 되잖아요."

"그럴 수만 있다면 얼마나 좋겠습니까. 여하튼 무사히 돌아오시게 기도라도 드려야겠습니다."

이부용도 놀랐다.

결국 소이치로가 움직일 것이라고 봤는데, 그 또한 녹록한 일이 아닐 것이라고 생각해 기다리는 내내 심란했었다.

그런데 생각지도 못했던 분이 나섰다는 말에 괜히 어깨가 움츠러들었다. 자신이 주도하고 있는 일로 인해 노년의 그에게 신세를 지는 것 같았기 때문이다.

소이치로를 대신해 가고자 했던 실리완, 그리고 그 꼴을 볼 수 없어 나섰다는 것은 알 수가 없었기에 더 어리둥절했다.

"제가 먼저 갔어야 하는데……."

"신묘한 능력을 지닌 분입니다. 이미 작정하고 떠나셨으니 좋은 결과를 기다리면 될 겁니다."

"죄송해요. 실리완."

"아니에요. 기쁜 마음으로 가셨어요. 이사님이 부담 가지실 필요는 없어요."

"자! 그럼 이제 회의를 시작해 볼까요?"

회의 참석자는 단출했다.

전사적인 사안이지만 아직은 보안을 유지해야 할 단계이기 때문에 바이오의 방인호 사장과 이부용 이사, 그리고 그룹 총괄 기획이사 실리완과 세이프티의 윤원호 실장만 모였다.

가볍게 서로 인사를 나눴고 구체적인 논의에 들어가려고 했는데, 윤 실장이 느닷없이 다른 화제부터 짚고 나섰다.

"보스. 지난 번 일본 일정도 그렇고 이번 미안마 일정도 그렇고, 자꾸 예정에 없는 스케줄을 소화하시면 안 됩니다."

"하하하! 윤 실장, 무슨 말인지 알아들었어. 더 꼼꼼하게 준비하고 대처하도록 할게."

"대표님의 일처리 능력을 의심하는 것은 아닙니다. 계획에 없는 이상 징후가 보이면 즉흥적인 결정을 자제하시고 일단 물러서 점검한 뒤에 재차 움직이시는 게 좋겠습니다. 다들 말은 안 해도 얼마나 불안해했는지 보스가 아셔야 합니다."

"음……. 유념하지."

인생 2막,
섬나라 재벌로!

86. 쉬실 때가 아닙니다

인생 2막,
섬나라 재벌로!

윤원호가 총대를 멘 것이었다.

그룹 총수가 공적인 업무 이외의 일에 지나치게 신경을 쓰고 있는 것은 사실이었다. 일본 일정은 피치 못할 사정이 있었지만 그래도 엄밀히 따지면 그룹과는 별개라고 볼 수도 있다.

문제는 잘못될 경우에 그 파장이 모든 직원들의 삶과 직결되어 있기 때문에 보다 신중하라는 뜻을 모아 전달한 것이다.

특히 미얀마 일정은 사업과도 연관이 없진 않지만 너무 복잡하고 위험한 일에 얽매였던 것도 사실이다. 굳이 그렇게 무리하면서까지 개척해야 할 시장이라고 볼 수는 없다는 것이다.

그게 다 측근들이 자신을 위한 마음에서 비롯된 이야기임을 알기에 진심으로 받아들였다.

"보고 드릴까요?"

"네. 진전이 좀 있었습니까?"

"아시다시피 백신과 치료제 개발은 원인 바이러스를 확보한 뒤 연구를 시작해야 구체적인 방향이 잡힐 겁니다. 지금까지는 최대한 좋은 인력을 확보하는 데 주력했고 각각의 팀들이 기존 전염성 바이러스를 대상으로 연구한 성과는 이제 겨우 선도적인 기업들 수준에 얼추 도달한 수준이에요."

"대단하군요. 기술 격차를 줄이려면 1년은 더 기다려야 한다고 생각했는데."

"자금을 아끼지 않은 것도 주효했지만 한국과 일본의 핵심 연구원들을 확보했는데, 그들의 조합이 의외의 상승효과를 내고 있어서 저도 놀랐어요."

바이오 사업은 아무래도 미국, 영국을 비롯한 서구의 전통 선진국들이 앞서 있었다. 기초과학 분야가 튼튼했던 일본에도 좋은 자원이 있었는데, 이미 그들까지 포섭된 상황이었다.

일본 산업의 근간이 무너진 것이 그와 같은 좋은 인력마저 제대로 대우하지 않고 새로운 투자에 인색했기에 일본을 떠날 수밖에 없었던 것이다.

하지만 이부용은 집요하게 좋은 인재들을 파악했고 파격적인 대우와 더불어 소이치로의 이름까지 팔면서 꼬드겼다.

그런데 뜻밖에도 그들은 소이치로에 대해 매우 강한 호감을 드러냈으며 크게 망설이지 않고 팀에 합류하게 되었다.

"한국의 질병관리본부가 이런 상황을 대비해 모의 훈련을 실시했다는 것을 아세요?"

"그게 무슨 말입니까?"

"얘기하자면 긴데, 사스와 메르스를 겪으며 한국처럼 전문화된 기관을 설립해 체계적으로 대응하는 나라가 없어요. 그런 구조 아래 인재를 양성하고 연구 지원하기 때문에 관련 연구자들의 역량도 더불어 높아진 것이라고 봐야 해요."

"삼성그룹 이 회장이 바이오 사업을 차세대 역점 사업으로 잡은 것만 봐도 한국의 관련 기술 저변이 튼실하다는 거겠죠."

"그 덕분에 저희도 좋은 자원을 얻은 것 같아요."

"치료제는 단기간에 만들 수 있는 게 아니잖습니까! 아마도 대증요법 중심으로 방향을 잡아야 할 것 같고 우선은 백신 개발에 더 박차를 가하는 것이 좋을 것 같습니다."

"우후! 우리 보스도 연구를 많이 하셨군요?"

이부용도 같은 판단을 내리고 있었기 때문이다.

안타깝지만 인류의 의학이 아무리 발달을 했어도 아직 감기조차 확실하게 잡지 못했다. 그저 악화되지 않도록 관리하며 스스로 바이러스를 이겨 낼 수 있도록 돕는 것이 고작이다.

때문에 확실한 치료제의 개발은 그야말로 뜬구름 잡는 프로젝트가 될 가능성이 높다. 그래서 애초에 그런 점을 감안해 연구를 진행해야 한다는 것을 어필한 것이었다.

그에 비해 백신의 개발은 보다 수월할 수 있다. 바이러스에 면역력을 가질 수 있는 항체를 만들 수 있는 여러 기술들이 존재하고 있기 때문이다.

물론 그 또한 일부 바이오 선진국의 전유물이나 다름이 없는데, 이부용이 그 역량을 끌어냈다고 보고를 하지 않았던가!

"하나 더 확인할 게 남은 것 같은데요?"

"아! 진단 장비요?"

"네. 전염력이 강해 삽시간에 퍼진다면 우선적으로 필요한 것은 진단과 검사가 될 겁니다. 내가 생각을 해 봤는데, 그 증상이 뚜렷하다면 그렇게 광범위하게 퍼지진 않았을 겁니다."

"잠복기? 아! 무증상 감염이 진행된다는 거군요."

"그렇습니다. 만약 치사율이 높은 바이러스라면 무증상 감염자를 골라내 격리하는 것부터가 관건이기 때문에 진단 키트를 개발하는 것이 급선무입니다."

백신과 치료제 개발에만 몰두했었다.

그러나 실제로 전염병이 번지기 시작한다면 사회는 걷잡을 수 없는 혼란에 휩싸일 것이고 최우선적으로 전염을 막기 위해 감염자를 찾는 것부터가 현실적인 난관일 것이다.

때문에 정확하고 빠른 진단이 가능한 키트를 개발하는 것이 급선무였다. 물론 그 또한 원인 바이러스를 확보한 뒤에나 이뤄질 연구지만 미리미리 준비할 필요가 있었다.

그런데 논의를 하다 말고 소 대표는 문득 자신이 과연 잘하고 있는 것인지에 대한 의문이 들었다.

"잠깐 본론에서 벗어난 이야기지만 저는 문득 여러분들의 솔직한 의견이 궁금합니다."

"무슨 말씀이세요?"

"누구든 기탄없이 말해 주길 바랍니다. 우리가 알고 있는 이 특별한 정보를 우리만 활용하는 것이 과연 적절한 것인지 되묻고 싶습니다."

"보스. 저도 그 점에 대해 생각을 좀 해 봤습니다."

"어. 윤 실장. 생각해 본 결론은?"

"현재로서는 공유할 수 없습니다. 아무리 선의를 가지고 공개를 해도 누가 믿겠습니까? 또한 추후 사실로 밝혀지더라도 도리어 엉뚱한 누명을 뒤집어쓸지도 모릅니다."

"아!"

선의를 보여도 믿지 않을 것이며 도리어 추궁을 당해 입장만 곤란해진다는 윤 실장의 의견은 틀리지 않았다.

또한 전염병의 피해가 눈덩이처럼 불어난다면 실제 창궐 원인에 대한 조사가 이뤄질 것이고 책임을 묻고자 할 것이다.

그때 어떻게 그런 정보를 미리 얻었느냐고 묻는다면 대답은 궁색할 것이고 되레 책임을 져야 할 입장이 될 수도 있다.

고로 함부로 꺼낼 수 있는 정보가 아니라는 결론에 도달했다. 문제는 소이치로가 그런 화두를 꺼낸 이유였다.

"난 우리 바이오가 그 어떤 기업보다 잘해 낼 것이라고 믿지만 국가적인 지원 아래 대대적인 연구를 진행할 선두 기업들과 과연 경쟁할 여력이 되는지 돌아봐야 한다는 겁니다."

"저희가 첫 단추만 잘 꿰면 문제가 없을 것이라고 봐요."

"첫 단추라니요?"

"전염병이 전 세계로 퍼져 팬데믹까지 불러올 수도 있다고 본다면 그저 자본의 문제가 아닐 거예요. 암흑 속에서 빛이 될 수 있다는 희망적인 징조만 보여도 우리와 협력하려고 달려들 기업이나 국가는 셀 수도 없이 많아질 것이라는 거죠."

"암흑 속의 빛이라……. 진단 키트가 빛이 될 수도 있겠군요."

"보스. 전 거기까지 가지도 않을 거라고 봅니다!"

내내 조용히 듣고만 있던 방인호가 불쑥 끼어들었다.

바이오 사장이지만 전문성을 갖추지 못해 자중하는 것이라고 봤다. 그런데 놀며 구경만 하고 있었던 것이 아니었다.

그의 판단은 둘러앉은 이들을 모두 소름 돋게 만들었다.

"무슨 말입니까?"

"이 이사님과의 대화를 통해 제가 느낀 현실은 그렇게 녹록하지 않았습니다. 치료제나 백신, 진단 도구 등은 최소한 몇 개월, 몇 년은 걸릴 장기 프로젝트가 될 가능성이 높습니다."

"그건 부정할 수 없는 사실이죠."

"그렇다면 당장 감염이 된 환자들이 병원으로 몰려들 것이고 호흡기 질환자들에게 필요한 의료 장비, 감염을 차단할 수 있는 방역 물품의 수급부터 따져야 한다고 봅니다."

"그래서 준비를 하고 있지 않았습니까?"

"네. 지금부터 그 보고를 드리겠습니다."

그는 자신의 시간이 돌아왔다고 확신했는지 음성에 힘이 실렸다. 그리고 그의 입에서 나온 대처는 기대 이상이었다.

미리 대비를 했어도 SSL 바이오는 아직 신생 기업이나 다름이 없다. 오랫동안 해당 분야에서 최고를 달려온 기업들과 경쟁할 수 있는 훌륭한 의료기기를 생산하는 것은 애당초 무리라고 보고 최적의 솔루션을 꺼내 놨다.

"저는 호흡기 관련 의료기기 중에 인공호흡기 하나만 제대로 만들기로 목표를 세웠습니다."

"그동안 꾸준한 투자를 지속해 왔는데, 가용한 것이 그것밖에 없던가요?"

"물론 몇 가지 장비를 더 만들 수도 있습니다. 하지만 그보다 더 중요한 것은 진단 키트나 백신을 개발할 경우를 대비해 그에 맞는 생산 설비를 갖추는 것이 더 중요하다고 봤습니다."

"아! 그렇죠! 기껏 개발해 놓고 타사에 위탁 생산을 맡길 수는 없죠!"

진단 키트도 그렇지만 백신의 경우, 생산 능력을 갖춘 기업이 많다고 볼 수가 없다. 한국의 경우는 상당수의 기업들이 관련 역량을 쌓아 왔고 이미 바이오시밀러 제품뿐만 아니라, 세계적인 바이오제약회사의 의약품과 신약을 위탁 생산하고 있다.

품질과 생산 관리가 매우 뛰어나고 기술력도 높아 그런 과정을 거치면서 전 세계 바이오업계의 허브를 자처하고 있다.

삼성의 경우도 그렇게 야금야금 역량을 갖춰 결국은 세계 최고의 바이오 기업으로 성장할 목표를 세우고 있는 것이다.

때문에 연구와 병행해 첨단 생산 설비를 갖추고 삼성바이오로직스처럼 CMO 방식의 바이오 기업으로 이름을 알릴 필요가 있었다.

"방역 물품은 다양하고 확실하게 준비하고 있습니다."

"방호복, 장갑, 소독제, 체온계 등의 수요가 폭발하겠군요."

"물론입니다. 대부분 감염에 노출되는 제품이기 때문에 가급적 일회용으로 개발하고 단가를 낮추는 재질을 활용하려고 애쓰고 있습니다."

"방향이 좋네요."

"그리고 한 가지 더 중점을 두고 싶은 것이 마스크입니다."

"아! 호흡기 질환의 감염을 억제하려면 마스크가 매우 중요하죠. 마스크는 한국제 품이 월등하지 않나요?"

"그렇습니다. 중국발 미세먼지 때문에 국가 인증 제도를 가지고 있는 아주 특이한 나라죠. 저희도 국가 인증을 받은 제품 라인을 진즉에 갖추고 있습니다."

"잘됐네요. 하하하!"

방인호가 이번 사태를 대비하며 정말 많은 고민을 했음을 느낄 수 있었다. 이부용이 연구 파트를 맡아 전념하는 대신 역시 돈 될 만한 아이템은 그가 척척 움직이고 있었던 것이다.

연구 파트는 아직도 돈 들어갈 일만 쌓였는데, 방 사장이 눈에 보이는 사업 구상을 밝히자 다들 표정이 환하게 밝아졌다.

이부용마저 엄지를 치켜들어 격려함으로써 큰일을 앞둔 회사의 분위기가 훈훈해졌다.

회의를 마친 소이치로는 좀 쉬고 싶었다.

하지만 윤 실장이 놔주질 않았다.

"왜?"

"보스. 지금 쉬실 때가 아닙니다."

"무슨 소리야?"

"사모님한테 안 가 보시려고요?"

"서방이 왔는데도 얼굴도 비치지 않는 마누라를 내가 왜?"

"헐! 일단 모터스 연구소로 가시죠. 가면서 설명 드릴게요."

"뭐가 있구나?"

내년에 내놓을 신차 라인이 완성된 것은 이미 보고를 받았다. 곧 대대적인 광고가 나갈 것이고 정부의 은근한 지원도 이미 약속을 받아 이제 모터스의 정상화가 멀지 않았다.

그런데 그것 정도라면 윤원호가 이렇게 음흉한 미소를 짓지도, 연이채가 자신이 돌아왔는데 달려오지 않지도 않았을 것이라는 생각이 들었다.

그리고 번뜩 스친 생각에 무릎을 치게 되었다.

"전기차 배터리에 호재가 생긴 거지?"

"눈치는! 그럼 직접 가서 보시죠."

"근데 넌 왜 따라오는 건데?"

"전 따로 보고 드릴 내용이 많습니다. 일단 기분 좋은 소식부터 먼저 전하겠습니다."

"미국발이로군!"

"아! 진짜!"

아이들 소식이었다.

소정이 다음 학기 전액 장학금을 받을 만큼 좋은 성적을 받았다는 소식부터 들었다. 바로 전화해 축하해 주고 싶었지만 이어진 현우의 소식은 더 놀라웠다.

녀석이 SD와 결별하지 않고 새로운 계약을 맺었던 것이다. 샌디에이고는 이번 시즌 결국 포스트시즌 진출에 실패했다.

9월에 승격한 현우가 24이닝을 던져 ERA 0.375라는 어마어마한 기록을 남겼음에도 리그 최고라는 선발진이 무너지면서 와일드카드 획득에도 실패하고 말았다.

"정식 메이저리그 계약을 맺었습니다."

"연봉은?"

"공개하지 않기로 합의했는데, 5년 4000만 달러입니다."

"이제 스물한 살인데, 연간 92억 원을 번다고?"

"전 좀 아쉬웠습니다. 하지만 FA도 아닌 루키가 그런 거액을 손에 쥔 것은 신인 드래프트를 거치지 않았기 때문이니까 휴학을 한 보람이 있는 것 같습니다."

"그 대신 5년간 더 받을 수는 없는 거잖아."

"그래서 단기 계약을 하려고 했는데, 규정상 어쩔 수 없었다고 합니다."

"여하튼 이제 속 편하게 야구를 하겠군!"

녀석들이 보고 싶어 당장 소정, 현우와 통화를 하려고 했다. 그런데 윤 실장이 극구 말렸다.

두 녀석이 지금 한국에 있었기 때문이었다. 현우는 오프 시즌이고 소정도 방학이었으며 거액을 손에 쥔 현우가 지극정성인 엄마를 만나기 위해 찾아간 것은 예측이 가능했다.

바쁜 와중에도 소정과는 가끔 통화를 했지만 현우와는 서먹한 시간을 보냈는데, 그건 현화에 대한 조치 때문이었다. 이제 더는 손을 쓸 수 없게끔 마무리를 해 뒀는데, 아들 녀석이 어떻게 받아들일지 신경이 쓰였던 것이다.

"아이들을 이곳으로 한 번 초대하면 어떨까?"

"나쁘지 않죠. 직접 얘기하시기 껄끄러우면 일본에 있는 안 사장님에게 전하겠습니다."

"그래……."

이번 생에서는 이전에 못했던 아비 노릇을 제대로 해 보겠노라 다짐했었다. 하지만 자신은 전보다 더 바빴고 다행히 아이들은 성인이 되어 각자의 삶을 무리 없이 영위하고 있다.

소정은 아직 돌봐 줄 환경인 것이 오히려 고마웠다.

그러나 아들 녀석은 이미 품을 벗어났다는 생각에 아쉬움이 이만저만이 아니었다. 한편으로는 기특하기도 한데, 현화에 대한 엇갈린 입장은 좀처럼 좁혀질 것 같지가 않았다.

그렇다고 모든 사실을 털어놓기도 어려웠고 심란했다.

"보스, 보고 드릴 게 더 있습니다."

"일본 상황인가?"

"네. 언론에 보도되는 것과는 전혀 다른 흐름이 보여서 주의 깊게 관찰하고 있습니다."

"안 사장에게 대략적인 보고는 받았는데, 그게 가능해?"

"이미 여럿이 수감되었는데, 원흉인 카이토가 자신은 죽어도 감옥에 갇힐 수 없다고 난리를 치는 모양입니다."

"죄가 명백한데, 그마저도 돈으로 비비려는 건가?"

"안 사장님은 차라리 잘됐다고 합니다. 어떤 수작을 부리는지 증거를 잘 모아 뒀다가 한꺼번에 터트리면 숨통을 끊을 수 있을 것이라고 보는 것 같았습니다."

"마지막 발악의 조짐은?"

"역시 보스도 그걸 염두에 계셨군요!"

언론 보도는 확연하게 줄었다.

하지만 워낙 명확한 증거들이 드러나면서 이와사키라는 성을 가진 십여 명이 구속되었고 참모들도 줄줄이 수감되었다.

일부는 재판이 진행되어 형량이 확정된 경우도 있었지만 그때만 반짝 언급될 뿐, 이미 망해 가고 있는 미쓰비시에 대한 측은지심이라도 작용한 것처럼 일제히 보도를 자제했다.

하지만 그 속을 자세히 들여다보면 그 또한 돈의 위력이었다. 이와사키 가문이 직접 나서지 않아도 그동안 신세를 졌던 수많은 자들이 조력하고 있었던 것이다.

그러나 가문의 장자인 카이토에 대해서는 정상참작의 여지조차 없어 아무도 쉽게 나서질 못했는데, 본인이 받아들이지 못하면서 결국 무리수를 두고 있었던 것이다.

"히타치를 물고 늘어지려는 조짐이 보였으나 이미 보스가 깨끗하게 정리를 하셔서 뒤져도 나올 것이 없었나 봅니다."

"그래도 물 타기 빌미를 주지 않도록 각별히 신경을 쓰라고 전해."

"네. 또다시 테러를 자행하진 않겠죠?"

"미치지 않고서는 그럴 수 없지. 이미 불가능하다는 것을 알고 있을 거야."

말은 그렇게 했지만 조심해서 나쁠 게 없었다.

세이프티의 정예 요원들이 일본에 대거 들어가 있고 안

승태 사장도 없는데, 미얀마에 일부 또 보내면서 인력이 부족한 것은 사실이었다.

그래서 S1 시큐러티 인력을 활용하기로 결정했다.

국장인 쏜차이는 이전과 달리 경호업무에만 주력하는 것이 늘 불만이었기에 지시를 내리자 물 만난 고기처럼 좋아했다.

그동안 S1을 합법적이며 생산적인 조직으로 탈바꿈시키기 위해 적잖은 노력을 들였는데, 이제 겨우 밥벌이를 하게 된 셈이었다.

"미쓰비시 그룹의 동향은 어때?"

"사분오열되고 있습니다. 상당수는 스미토모와 후요 그룹, 그리고 미쓰이도 발 빠르게 움직여 금요회 회원사가 반 토막이 났습니다."

"아직도 반이나 버티고 있단 말이야?"

"가장 큰 채권자인 일본 정부가 움직이지 않는 한, 버티는 데는 문제가 없어 보입니다."

"역시 미쓰비시라는 거군."

당사자들이 느끼는 위기감은 사뭇 다를 것이다.

하지만 소이치로가 예상한 것보다는 폭락의 움직임이 작았다. 자기만 살려고 발버둥 치며 이전투구를 하리라고 봤는데, 주인을 물고 늘어지는 자들이 보이질 않았다.

그건 일본 정부의 미적지근한 대처 때문일 것이고 썩어도 준치라는 두려움이 작용했을 텐데, 이해 못 할 바는 아니었다.

당장 일본 최대 기업인 미쓰비시가 망하면 안 그래도 휘청거리는 경제는 심각한 타격을 입을 게 눈에 선하기 때문이다.

"좀 더 지켜보자고."

"그냥 목줄을 끊는 게 낫지 않을까요?"

"하하하! 윤 실장. 그런 방식은 자제하는 게 좋아. 매번 느끼는 거지만 순리를 따르는 게 부작용도 적을 거야."

"저러다 혹시 되살아나거나 변신을 할 것 같아서 그러죠."

"가장 큰 벽은 일본인들의 의식 변화라고 생각해. 우리가 압박하지 않아도 일본 국민들 스스로 그런 부도덕하고 부패한 기업은 사라지는 게 옳다고 느끼고 움직여야지."

"어느 세월에 그게 가능할까요?"

"글쎄……. 의외로 빨리 다가올지도 모르지."

윤원호는 소이치로가 너무 무사태평이라고 생각했다.

끝낼 수 있을 때 끝내는 것이 깔끔하며 그러면 더는 신경을 쓰지 않고 속이 편할 것 같았던 것이다.

또한 일본이 심각한 경제 파탄을 겪게 되면 신바람이 날 것 같았고 그게 SSL에도 이득이 될 것이라고 판단했다.

하지만 소이치로의 생각은 달랐다.

개혁이나 혁명은 필히 반발을 불러올 것이고 엉뚱한 방향으로 나아갈 수도 있다. 더 보수적이며 폐쇄적인 집단이 애국심에 기대 집권이라도 한다면 득보다는 실이 많다고 봤다.

"처남 되시는 분이 다음 중에 창당한다고 하던데, 새로운 바람을 일으킬 수 있을까요?"

"당연하지. 참고 참았지만 이젠 정말 변화해야 한다고 생각하는 사람들이 의외로 많을 거야. 그들에게 명분을 주고 비전을 제시한다면 이제껏 보지 못했던 새로운 그림이 그려질 수도 있지."

"보스가 나서면 가장 잘하실 것 같은데……."

"하하하! 할 수만 있다면 그러고도 싶은데 그럴 틈이 없잖아. 그건 그렇고 너 요즘 연애한다면서?"

"연애는 무슨! 헛소문입니다."

"헛소문이 아니었으면 좋겠다. 폰타나, 꽤 괜찮은 여자야."

"보스가 그렇게 말씀하시니 노력은 해 보겠습니다."

말은 그렇게 해도 소 대표의 한마디에 윤 실장은 용기를 얻은 눈치였다. 사실 폰타나는 무덤덤했지만 윤 실장은 마음에 크게 앞선 상황이었다.

이미 몇 차례 만났고 데이트 신청도 했지만 폰타나가 선을 긋는 이유를 알고 있는 소이치로는 그녀를 위해서도, 노총각인 윤원호를 위해서도 둘이 맺어지는 그림은 멋지다고 봤다.

두 사람 모두 자신에게는 매우 소중한 인물들이고 일에 빠져 다른 데 시선을 둘 상황이 아니기에 필요하면 측면 지원이라도 해야겠다는 생각을 했다.

"연이채!"

"어? 보스."

"뭐가 그렇게 바쁘다고 신랑이 오랜만에 왔는데도 그 예쁜 얼굴을 비치지 않는 거지?"

"신랑이요? 호호호! 미안해요."

때마침 회의를 마친 연이채가 본인 사무실에 있다기에 문을 벌컥 열고 들이닥쳤다.

그녀도 왜 소 대표가 보고 싶지 않았겠는가!

중요한 회의에 불참할 수가 없어 마음이 간절했건만 이제 정리하고 막 나서려던 차였다. 그런데 기대하지 않았던 소 대표가 직접 찾아왔으니 기쁨은 두 배였다.

게다가 아무리 보는 사람이 없기로 '신랑'이라는 표현을 쓰다니, 박상우의 평소 성격을 누구보다 잘 알고 있는 그녀였기에 그 한 마디에 살살 녹아 달려와 품에 폭 안겼다.

진한 입맞춤까지.

"그래. 이제 이유를 들어 볼까?"

"이왕 오셨으니 연구소로 같이 가요."

"대충 짐작은 되는데……. 설마 한국의 배터리 3사를 잡을 걸작이 나온 건 아니겠지?"

"그건 쉽지 않을지 몰라도 현대자동차와 경쟁할 기술 기반은 마련한 것 같아요. 어쩌면 우리가 조금 더 앞선다고 볼 수도 있어요."

"오호!"

그런 장담을 한 이유는 새로운 형태의 배터리를 만들어 냈기 때문이었다. 이미 도요타를 비롯한 몇몇 거대 기업들이 큰소리 떵떵 치던 아이템이었는데, 그들도 아직 성공하지 못한 쾌거를 이룬 것이었다.

거기엔 한때 세계 2차 전지 기술의 넘사벽이던 일본 기업의 기술이 접합되었기 때문이었다. 현재는 겨우 파나소닉만 점유율을 어느 정도 유지하고 있지만 과거 닛산은 NEC와 합작해 AESC라는 기업으로 세계 1, 2위를 다퉜었다.

하지만 삼성, LG와의 경쟁에서 밀려 이젠 명함조차 내

믿지 못하고 있는 실정이었다. 그런데 닛산의 기술이 병합되면서 기대 이상의 작품이 나왔던 것이다.

"이 데이터들 믿을 수 있는 겁니까?"

"네? 당연히 심사숙고한 실험 결과입니다."

"하하하! 제가 믿지 못해서가 아니라 너무 파격적이기 때문입니다. 박 소장님 이하 연구소 직원 전원에게 두툼한 보너스를 지급하라고 지시하겠습니다."

성능이 뛰어날뿐더러 친환경적인 요소까지 갖췄다는 점이 대박이었다. 어차피 화석연료 사용을 줄이고자 전기차를 생산하는데, 그 과정에서 또 다른 환경오염 요인이 발생한다는 점이 아이러니였다.

때문에 이번 결과는 일본과의 경쟁을 넘어 한국 기업의 배터리 부문 역량을 인정해 적극적인 협력을 시도하고 있는 미국 자동차업계와의 연계마저도 가능케 한다고 볼 수 있었다.

이미 다양한 테스트를 거쳤으나 실제 제품으로 구현해 시장에 내보이는 것은 또 다른 과제로 남았지만 연구진은 자신감을 내비쳤다.

"내년 초 서울모터쇼 출품에 맞춰 준비해 볼게요."

"그렇게만 된다면 금상첨화지."

"일석이조가 될 거예요. 신규 제품 라인업 예약이 저희

예상치를 뛰어넘고 있는데, 전기차 부문까지 결과가 나오면 배 아플 기업들이 많겠어요. 근데 어디랑 손을 잡을 건가요?"

"미국 브랜드."

"이미 삼성 SDI, LG화학과 끈끈한 밀월을 즐기고 있잖아요."

"골키퍼 있다고 골 안 들어가나? 현대나 폭스바겐처럼 배터리 독립을 선언하지 않고 협력을 연계를 염두에 둔 기업 중에서 포드와 GM은 차후 우리의 미국 진출에 기여할 수 있기 때문에 전략적인 접근이 필요하다고 봐."

"무슨 말씀인지 알겠어요. 기왕이면 미국을 등에 업자는 거잖아요."

"딩동!"

바이오는 나름 대비를 했음에도 그 향방이 막막했다.

워낙 늦게 출발했고 관련 연구 성과가 미진했기에 목표는 뚜렷했어도 실제로는 세계적인 역량을 따라가기도 바빴다.

다양한 프로젝트를 진행하고 있지만 전 세계를 팬데믹으로 몰아넣을 대재앙 앞에 두려움이 앞서는 것이 사실이었다.

그 답답한 와중에 골칫거리였던 모터스에서 단비와 같은

성과가 드러나며 웃음을 되찾을 수 있었다.

하지만 마냥 기쁨에 도취해 있을 수는 없었다.

"현대기아차에 비하면 아직 걸음마 수준이라는 거 잊지 말아야 해."

"네. 그런데 닛산은 대체 뭘 하고 있었는지 모르겠어요. 분명 탁월한 원천 기술을 지녔었거든요."

"일본 기업들의 대체적인 경향이지. 누구도 따라올 수 없을 것이라는 자만에 젖어 더 이상 도전하지 않는 자의 말로가 어떻게 되는지 잘 보고 배워야 해."

"도요타, 혼다도 결국 같은 길로 가는 걸까요?"

"지금 같은 추세라면."

일본 국적을 지닌 기업인으로서 그들과 손을 잡는 것이 여러 모로 그림이 좋을 것이다. 어차피 일본의 냄새를 지우고 SSL이라는 기치 아래 거듭났지만 소이치로의 존재로 인해 아직도 일본과 무관한 기업이라는 인식은 없다.

때문에 오랫동안 최고 점유율을 유지했던 일본 2대 메이커와 손을 잡는다면 그 앞길이 훨씬 순탄할 것이다.

하지만 미국과도 협조하는 소이치로의 머릿속 유일한 경쟁자는 현대기아차뿐이었다. 그들이 어떤 자세로 사업에 임하고 있는지 잘 알고 있기 때문이었다.

"미얀마에서 또 위험한 상황이 있었다면서요?"

"위험은 무슨!"

"전 당신을 믿어요. 하지만 다들 걱정 많이 했어요. 그걸 잊지 않았으면 좋겠어요."

"하하하! 잔소리인가?"

"왜요? 이런 소리 싫으면 앞으로는 하지 않을게요."

"아니야. 너무 좋아서 그러지. 하하하!"

잔소리가 그리웠었다.

현화와 결혼하고 아이를 낳으며 오순도순 살 때는 그랬다. 너무 잔소리가 심해서 말다툼으로 이어진 경우가 숱했다.

하지만 몸이 멀어지니 마음도 멀어졌고 잔소리는 더 이상 들리지 않았다. 그게 관심이 사라졌기 때문이라는 것을 깨달을 무렵에는 이미 파국을 맞고 있었다.

윤 실장도 비슷한 말을 했지만 연이채의 사적인 이런 말은 느낌이 달랐다. 절로 미소가 피어날 만큼 기분 좋아하자 연이채가 정상이 아니라며 놀려 댔다.

* * *

소이치로가 태국에 복귀했다는 소식에 손님들이 몰려들었다. 가장 눈에 띄는 사람은 방위산업에 뜨거운 관심을 가진 총리였고 그와의 만남을 거부할 수 없었다.

그는 지난번에 제안했던 한국형 전투기 사업에 대한 긍정적인 대답을 가져왔고 본격적인 협의에 나서기로 결정했다.

일렉트로닉스, 건설사가 매년 매출 기록을 경신하는 가운데, 미촉 쇼핑도 급기야 오프라인 매장을 오픈하게 되었다.

백화점, 도소매 매장까지 틀어쥐고 있는 센트럴그룹이 버티고 있는 한 어림도 없을 것이라고 내다봤지만, 택배 시스템을 통해 유통망을 갖추게 된 지금은 하지 않을 이유가 없었다.

"따능. 이거 하느라 미얀마 일을 소홀히 하면 안 돼."

"연관이 있거든요. 태국 시장 점유율을 높이는 것은 매우 지난한 싸움이 될 거에요. 하지만 미얀마를 필두로 캄보디아, 라오스까지 넓게 보고 유통 사업을 벌여 나가면 그 파급효과가 어떨지 보스도 짐작할 수 있잖아요."

"일단 규모가 갖춰지면 긍정적인 효과는 분명하게 있겠지. 하지만 거꾸로 보면 대규모 투자로 인해 단번에 말아드실 수도 있다는 걸 알아야 하지 않을까?"

"치! 걱정 마세요. 저도 의욕만으로 달려든 게 아니에요."

그러면서 시장조사 결과 보고서를 내밀었다.

하지만 소이치로는 거들떠보지도 않았다.

서류에 적힌 숫자는 무의미하며 굳건한 의지를 보이는 따능의 눈빛이 불타고 있다는 것에 더 주목했기 때문이었다.

지금 언급한 국가에 유통체인 사업을 하고 있는 기업이 없지는 않다. 하지만 본인이 직접 확인한 바로도 매우 열악했다.

제대로 체계를 갖춰 공격하면 충분한 가능성이 있으며 진즉에 그런 사실을 알고 있던 센트럴그룹도 진출하긴 했다.

하지만 투자는 하지 않고 그저 돈만 벌려고 하다가 아주 애매한 입장에 처해 있었다. 때문에 따능의 판단은 옳았다.

기업 이미지 상승과 같은 부수적인 효과까지 기대할 수 있기 때문에 손을 댄다면 파도처럼 몰아쳐야 한다고 생각했다.

"좋아! 추진해 봐. 하지만 그 첫 번째는 미얀마여야 해."

"당연하죠. 유통 사업의 특성상 현지의 조력이 필요한데, 우 가문과 CDS 중에 어디랑 손을 잡는 게 좋다고 보세요?"

"그건 네가 보고 알아서 판단해."

"그럼 전 우 민훼랑 같이 추진해 볼게요."

"오호! 그간에 교류가 좀 있었나 보군!"

"고 녀석이 제 말을 아주 잘 듣거든요. 호호호!"

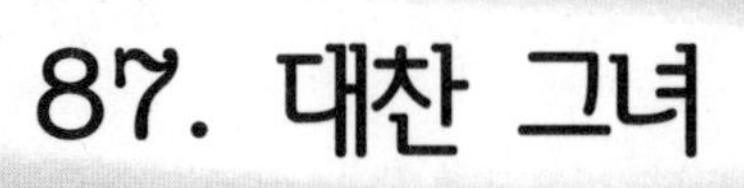

87. 대찬 그녀

인생 2막,
섬나라 재벌로!

오해의 소지가 있건만 역시 따능은 개의치 않았다.

소 대표도 관여할 입장은 아니었다. 오히려 그녀의 연애를 적극 권장해야 할 입장이기에 격려라도 해 주고 싶었다.

각자가 맡은 소임을 열정적으로 처리해 나가는 가운데, 기분 좋은 또 하나의 소식이 스마트 팜으로부터 보고되었다.

기대 이상의 훌륭한 성과가 나오면서 스마트 팜에 가입하려는 농민들의 물결이 태국 전역으로 확산되는데, 쏠림 현상이 너무 강렬해 담당 부처인 농림부가 우려를 표할 수준이었다.

물론 SSL이라는 명함 아래 태클을 걸 사람은 존재하지 않았지만 이런 추세라면 태국, 캄보디아에 이어 미얀마까지 식량 관련 사업이 또 다른 큰 축으로 자릴 잡을 것 같았다.

* * *

"아빠가 귀국 중이시라는 연락이 왔어요."

"벌써요?"

"필요한 것은 다 챙기셨다고 해요."

"하하하! 괜한 걱정을 했군요."

실제로 차논은 연구에 필요한 충분한 자료와 샘플을 가지고 돌아왔다. 그런데 그를 만난 소이치로는 괴이한 느낌을 받았다.

의욕이 앞섰던 그는 중국에 도착하자 물불을 가리지 않았고 급기야 직접 환자들이 몰려든 병원을 방문했던 것이다.

그가 감염되었다는 느낌을 받은 소이치로는 바이러스를 대하는 자신을 비롯한 측근들의 안이한 사고방식에 놀랐고 즉각적인 조처에 돌입했다.

"지금 즉시 우리 공항을 폐쇄하고 항공기에 탑승했던 조종사와 승무원, 그리고 그들과 접촉한 이들을 격리해야 합니다."

"여보게. 무슨 일이야?"

"죄송합니다. 일단 공항 대합실에 임시 병동을 차리겠습니다. 검사부터 하고 무감염이 확인된 이들도 일정한 격리 기간을 거쳐야 한다는 게 제 판단입니다."

"내가 혹시 감염된 건가? 그걸 어떻게?"

진단할 수 있는 방법이 없다.

하지만 소이치로의 특별한 능력을 인지하고 있는 차논은 일단 결정에 동의했고 바이오 연구소 산하 전문가들이 투입되었다.

실제 방역을 위한 첫 번째 사례가 시행된 것이었기에 조치에 임하는 이들은 긴장하지 않을 수 없었다.

감염된 이들도 문제지만 차논과 악수하며 이야기를 나눴던 소이치로도 감염이 의심되는 상황이었기에 서둘러 샘플을 접수한 연구진은 곧바로 분석 작업에 돌입했다.

"이런……. 내가 너무 무지했군!"

"지금은 그걸 따질 때가 아니고 격리된 직원들부터 순차적으로 검진을 실시해야 할 것 같습니다."

"너무 위험하지 않을까?"

"하하하! 이미 저도 노출이 됐습니다. 이후 증상이 어떻게 나타날지 두고 봐야겠지만 제 능력이 이 바이러스에 어떤 효과를 보일 수 있는지 확인해 볼 필요가 있을 것 같습니다."

"아! 무서운 일이군! 무서운 일이야."

첫 번째 상대는 차논이었다.

방식은 이제까지 해 왔던 것과 다르지 않았다.

그의 혈도를 짚고 기운을 흘려보내 몸 상태를 확인해 봐야 했다. 그게 지극히 위험한 행위일 수도 있으나 이미 노출된 마당에 그걸 따질 계제가 아니라고 판단했다.

그리고 이어진 검진에 소이치로는 모든 능력을 쏟아붓는 정성을 들였다. 통상적으로 몸에 발생한 이상 징후는 어렵지 않게 발견되었는데, 이번에는 느낌이 아주 싸했다.

그의 몸에 주입된 기운이 정상적으로 움직이긴 했으나 시간이 경과되면 점차 미약해지며 더 큰 기운을 요구했다.

바이러스가 자신의 상극인 소이치로의 본원지기에 강력한 저항을 한다는 사실을 확인한 것이다.

"자네 괜찮나?"

"네. 제 기운이 바이러스를 죽일 수 있는 힘이 있다는 것을 확인했습니다."

"그런데 웬 땀을 그렇게 흘려?"

"저항이 만만치 않습니다. 이제 겨우 감염된 지 이틀밖에 되지 않았는데도 이 정도면 힘이 부칠 수도 있다는 생각이 듭니다."

"그럼 누구라도 불러와야지. 실리완을 부를까?"

갑작스러운 질문에 대답이 곤궁했다.

치료를 위해서는 최고의 컨디션을 유지하는 것이 맞지만 예기치 못한 접촉이 이뤄질지도 모른다는 불길한 생각이 앞섰기 때문이었다.

그 바람에 차논에게 호된 꾸지람을 들어야 했다. 인명이 우선이지, 뭐가 그렇게도 따지는 게 많은지 나무랐는데, 반박할 수가 없었다.

그래서 결단을 내렸다.

"완은 할 일이 많습니다. 얼마나 격리해야 할지 모르는데, 제 공백을 메우기 위해서라도 실리완보다는 따능을 부르는 것이 나을 것 같습니다."

"그래. 효과는 따능이 더 강력할 거야. 부담도 적고."

"일단 어르신부터 치유를 해 보죠."

"아니야. 따능이 올 때까지 무리하지 말고 격리한 직원들 검진부터 해서 따로 분리를 하는 것이 좋겠어."

"네. 그렇게 하겠습니다."

이번 바이러스가 얼마나 지독한지 절절히 깨닫게 되었다.

승무원 4명 중에 3명이 감염되었는데, 독립된 공간인 조종석에 있던 부조종사가 감염된 것은 전파력의 정도를 짐작케 했다.

게다가 차논의 비서로 따라갔던 2명, 그리고 비행기 착륙 후에 안내를 맡았던 여직원 1명도 확진되었다.

그나마 공항 대합실에서 즉각적인 조치를 취했기 망정이지, 그대로 바이오 연구소로 이동했더라면 제반 프로젝트들이 느닷없는 중단 사태를 맞을 뻔하지 않았나!

"현재까지 확인된 감염자는 7명입니다."

"그럼 5명은 격리 해제되는 건가?"

"아닙니다. 잠복기가 있을 수 있기 때문에 적어도 일주일은 꼼짝 말고 격리해야 할 것 같습니다."

"고약하군. 고약해."

"전파 비율이 매우 높습니다. 호흡기 질환의 특징상 가까운 공간을 공유한 경우는 거의 감염이 이뤄진다고 봐야 합니다."

"그럼 꼼짝도 못하는 건가?"

"마스크를 사용하면 감염 확률은 현격히 떨어질 겁니다. 우린 이미 준비가 되어 있습니다."

"이봐? 쿤디!"

갑자기 어지럼증이 나타난 소이치로가 소파에 푹 기댔기

때문이다. 그런데 더 중요한 것은 본인이 원한 행동이 아니었다는 점이었다.

기존에 발생했던 급성호흡기 전염병이 전형적인 증상은 아니었지만 기력이 본인이 느끼는 것보다 훨씬 많이 소모되었기 때문이라고 판단을 내린 소이치로는 눈앞이 깜깜했다.

이런 상태가 반복된다면 치료는커녕 제 한 몸 지키기도 어려울 것 같았기 때문이다. 누구보다 강한 면역 능력을 지녀 바이러스의 침투가 불가능하다고 여겼으나 컨디션이 이렇다면 감염되지 말란 법도 없다는 생각이 든 것이다.

"보스! 아빠!"

"너 마침 잘 왔다. 지금 즉시 쿤디 데리고 숙소로 가서 몸 상태부터 점검해 봐."

"어? 바이러스가 보스한테도 영향을 미쳤나요?"

"12명을 한꺼번에 검진하면서 기운을 너무 소모한 것이 문제인 것 같아. 더 늦어지기 전에 어서!"

"어르신. 너무 걱정하지 마십시오. 전 아직 거뜬……."

말하는 것조차 버겁다는 생각을 하며 애써 부인했지만 그 말을 던지며 일어서던 소이치로는 소파에 쓰러지고 말았다.

정신은 있으나 혼미했으며 혼자 움직이는 것이 무리였

다. 그러자 차논이 숙소를 바꾸겠다면서 먼저 나가 버렸고 좀처럼 당황하는 경우가 없는 따능이 얼굴까지 붉히며 소이치로를 부축해 침대에 눕혔다.

늘 해 오던 대로 두 손을 마주 잡고 기운을 나눴는데, 차가운 기운이 밀려들자 그제야 어지럼증이 가라앉고 가빠졌던 호흡도 본래대로 회복되었다.

하지만 여전히 몸을 가누기는 어려웠다.

"좀 나아지셨어요?"

"응. 고마워."

"근데 왜 더 이상 좋아지진 않죠? 벽에 막힌 것처럼 기운이 허탕을 치고 돌아 나오잖아요."

"그러게. 좀 더 시도해 보자고."

소용이 없었다.

한 시간 가까이 애를 썼으나 이대로는 더 이상의 회복은 불가능하다는 공감대를 얻게 되었다.

그렇다면 좀 더 강렬한 방법을 써야 한다는 것인데, 생각은 있어도 차마 입에 담기 어려웠다. 하지만 역시 따능이었다.

갑자기 이불을 끌고 오더니 소이치로의 옷을 마구 벗기기 시작했다. 당황스러웠지만 그게 정답이라는 것을 알고 있었기에 그냥 눈을 감아 버렸다.

그리곤 속으로 외쳤다. 이건 치료라고!

"보스. 이상하게 생각하지 않을 거죠?"

"응. 우린 최선을 다하는 거잖아."

"흐흐. 좋아요. 그럼."

그야말로 팬티만 남기고 다 벗겼다.

눈을 감고 있었지만 따능의 따가운 시선이 느껴졌다. 그 묘하고 야한 느낌은 말로 표현하기 어려웠으나 그리 긴 시간도 아니었다. 이불을 덮어 주기 전까지 말초신경이 반응하지 않은 것에 감사할 따름이었다.

그런데 또 다른 음향이 들려왔다.

나비가 허물이라도 벗는 걸까?

그리고 잠시 후 불덩이처럼 뜨거운 그녀의 몸이 전신을 뒤덮었다. 몸의 온도와 서로 나눈 기운의 온도는 완벽히 반대였던 것이다.

다행인 것은 곧 정신을 잃었다는 사실이었다. 의식적인 행위였는지, 어쩔 수 없는 반응이었는지는 확신할 수 없었다.

* * *

"보스. 식사하세요!"

"으음……. 식사? 지금 몇 시지?"

"아침 7시요."

"뭐야? 대체 몇 시간을 잔거야?"

"피곤하실 만도 하죠. 바이러스 때문이기도 하지만 바쁜 일정을 소화하고 오셨잖아요. 육체적으로, 심적으로."

그건 사실이었다.

그런데 단잠을 자고 일어난 소이치로는 최고의 컨디션이라는 사실에 기뻐할 겨를도 없이 걱정이 밀려들었다.

열흘 넘게 외유를 하고 돌아와 연이채와 신혼처럼 달콤한 나날을 보냈는데, 어제 갑자기 격리를 하면서 연락조차 하지 않았다는 사실을 깨달았기 때문이었다.

얼른 핸드폰부터 찾았다.

그녀도 상황이 어떻게 돌아가는지 알 것 같았으나 전해 듣는 것과 자신에게 직접 듣는 것은 별개였기 때문이다.

그런데 그녀의 음성에 담긴 느낌과 내용은 우려를 씻어주기에 충분했다.

'모처럼 김치찌개를 끓였는데……. 입에 맞아요?'

"김치찌개? 아직 맛을 못 봤어. 깨어나자마자 당신한테 전화부터 한 거야. 어제는……."

'알아요. 위중했다는 거. 지금은 컨디션이 어떠세요?'

"좋아."

'정말 다행이에요. 따능의 치료가 시기적절했나 봐요.'

"당신……. 샘나지 않아?"

'치! 저 그렇게 속 좁은 여자 아니거든요. 설사 무슨 일이 있었어도 전 이해할 수 있어요. 오히려 내내 마음에 걸렸는데, 당신은 그런 일로 부담 가질 필요 없어요. 그게 우리를 위해 최선이었던 거잖아요.'

"연 대리……."

결정적인 순간마다 그런 호칭이 나오는 것은 바람직하지 않았다. 과거의 관계를 연상시키기 때문이다.

그런데도 묘하게 그 호칭을 들은 연이채는 오히려 좋아하는 눈치였다. 과거와 달라진 현실이 느껴지기 때문인 듯.

바쁜 그녀가 아침 식사까지 직접 챙길 정도로 신뢰를 보였고 지금 처한 상황을 알면서도 마음 편안한 말을 건네줘 고맙고 또 한숨을 돌릴 수 있었다.

본인이 감당하지 못하는 부분에 대한 이해를 한다는 말이 나오기란 쉽지가 않을 텐데, 적잖이 고민이 있었을 것이다.

"거봐요. 걱정하지 않죠?"

"네가 뭘 안다고 그래."

"치! 사모님이 우리 사이를 오해할까 염려하신 거잖아요!"

"너 같으면 괜찮겠나?"

"네. 전 얼마든지 이해할 수 있어요. 잘난 남자 만난 대가를 치르는 거잖아요. 줄 선 사람 많다는 거 사모님도 아세요. 일전에 같이 대화해 본 적도 있어요."

"무슨 대화?"

"보스의 컨디션을 조절하는 방법에 대해 본인도 알고 있어야 한다고 해서 완이랑 같이 있는 그대로 알려 줬어요. 그러니까 쓸데없는 걱정하지 말고 얼른 식사부터 하세요."

"있는 그대로?"

충격적인 내용이었다.

실리완은 신중하지만 따능은 말을 돌려 하는 성품이 아니다.

그렇다면 연이채로서는 매우 신경 쓰일 내용일 텐데, 그걸 감안하고 다시 연이채와의 통화 내용을 돌아보니 절로 가슴이 저렸다.

굳이 그런 부담까지 줘야 하는지 의문이었고 미안했다. 그러나 더 깊이 생각해 보면 떳떳하지 못할 이유는 없다.

지난밤에 자신이 생각하던 수위보다 훨씬 진한 행위가 있었으나 그건 치료의 목적을 지닌 행위였기 때문이다.

"어서 수저 드세요. 저도 이 한국 스프 먹고 싶단 말이에요."

"그래. 김치찌개야. 그 사람이 직접 만든."

"그러니까요. 기껏 데워 놨는데 식으면 맛이 없잖아요. 빨리 먹고 씻으셔야죠. 일하시려면."

"그 녀석 하고는!"

솔직히 맛이 좋은 것은 아니었다.

그러나 재료를 아끼지 않았고 거기에 담긴 그녀의 정성을 생각하니 따능이랑 나눠 먹는 것조차 아까웠다.

모처럼 든든한 아침 식사를 챙겨 먹은 소이치로는 샤워를 마치고 오전 8시 반부터 하루 일정을 시작했다.

차논부터 치료하지 않은 이유는 요령을 터득하면 보다 나을 것이라는 판단 아래 젊고 건강한 승무원들부터 찾았기 때문이다.

그런데 최적의 컨디션이었음에도 2명을 치료하고 나니 녹초가 되어 버렸다. 물론 요령은 터득하게 되었고 3일 동안 7명의 감염자를 무사히 치료해 냈다.

매일 밤 따능의 정성스러운 치료를 병행해야 한다는 점이 부담이었으나 그것도 반복되다 보니 무덤덤해졌다.

"오늘이 지나는 것이 아쉬워요."

"왜?"

"전 너무 좋았거든요. 흐흐흐."

"그만해."

마지막 밤, 유난히 아쉬움을 표하는 따능의 마음을 이해 못할 바는 아니었다. 그러나 받아 줄 수는 없었다.

살을 맞대고 밤을 보내는 것이 용인된다면 차후 집으로 쳐들어오고도 남을 대찬 성격이기 때문이다. 물론 과도한 추측이며 도와준 그녀에 대한 도리는 아니기에 진심을 담아 감사를 표하기는 했다.

확인된 바, 자신은 바이러스로부터 안전했고 따능은 오히려 더 안전한 체질이라는 사실도 알게 되었는데, 그건 추후 연구에 중요한 자료가 될 것이라는 느낌을 받았다.

대체 어떤 유전자가 있어 바이러스조차 감히 침투하지 못하는지 연구해 볼 가치가 충분하다고 판단했다.

* * *

한바탕 난리를 겪었으나 모든 것을 비밀리에 처리했다.

최초 사례가 보고된 지 한 달이 지나고 있었으나 아직 WHO가 국제공중보건 비상사태를 선포하지 않았을 뿐더러 실체에 대한 파악도 하지 못했기 때문이었다.

이미 중국을 넘어 교류가 많은 아시아 몇몇 국가에서는 폐렴 환자의 급증으로 분위기가 뒤숭숭하고 감염이 확산되는 것이 눈에 보이는데도 그냥 지켜봐야만 하는 것이 답답했다.

이미 사망자가 나오고 있음에도 중국 당국이 제때 조치를 취하지 않은 것이 사태를 악화시키고 있었다.

"이 이사님. 정말 이대로 지켜보기만 해야 합니까?"

"그렇다고 저희가 발표할 수는 없는 노릇이잖아요."

"수를 내 보죠!"

"어떻게요?"

"한국도 곧 확진자가 나올 겁니다."

"그렇겠죠. 연말연시를 앞두고 상당수의 중국인들이 해외여행을 나갈 텐데, 한국은 빼놓을 수 없는 선택지일 테니까요."

"첫 확진이 나오면 곧바로 질병관리본부에 경고의 메시지를 보내 줍시다."

"익명으로 말이죠?"

"그렇죠."

대한민국은 감염병 대응에 만반의 대비를 하고 있었다.

질병관리본부는 메르스와 같은 원인 불명의 병증을 보이는 환자가 발생했을 때, 검체를 확보한 뒤 어떻게 대처해야 할지 다양한 시나리오와 대응책을 만들었으며 최근 만들어 둔 그 프로토콜을 가지고 모의 훈련을 시행해 보기도 했다.

아무런 정보도 없는 상황이었음에도 그와 같은 선견적인 대처를 하고 있다는 보고 내용에 소이치로는 전율을 느꼈다.

특히 설정한 시나리오에 가장 가능성이 높은 중국에서 사스, 메르스와 유사한 바이러스의 변종이 넘어올 경우를 상정하고 이를 진단하는 훈련을 시행했다는 것은 믿기지 않았다.

때문에 동일한 정보라도 처리할 수 있는 역량을 감안하지 않을 수 없었고 보다 빠른 대처가 가능하도록 정보를 주기로 결정했다.

"보스. 후베이 위생위원회가 역학 조사를 개시했다고 해요."

"이미 중국 전역에 감염이 확산되고 있을 텐데, 왜 WHO는 꿈쩍도 하지 않는 거죠?"

"겨울이 다가오면서 유행성 감기가 퍼진다고 보는 시각 때문이죠. 이미 사망자가 나오고 있고 전염성도 확인될 텐데, 문제는 있는 그대로 보고하지 않고 숨기기 바쁜 중국이죠."

"미친놈들!"

심한 말이 튀어나온 이유는 바이러스 샘플을 확보하고도 원하는 그림이 그려지지 않고 있기 때문이었다.

사실 담당자인 이부용도 매우 답답해했다.

시간이 날 때마다 바이오 연구소에 들러 격려하고 직접 체크도 하고 있었지만 바이러스의 실체만 규명했을 뿐, 가장 먼저 나와야 할 진단 키트 개발에 난항을 겪고 있었다.

차라리 모르면 속이라도 편할 텐데, 어떻게 돌아가는지 아는데도 가시적인 성과가 드러나지 않아 마주 앉아 넋두리를 하는 시간이 잦았다.

"제 DNA에 대한 연구도 병행합시다."

"다들 안 된다잖아요. 특히 이채 언니가 쌍수를 들고 반대하는데 제가 어떻게 진행해요."

"그럼 아무에게도 알리지 말고 연구진에게도 함구하고 극비리에 진행하면 될 거 아닙니까?"

"입장 곤란하게 왜 그러세요."

말은 그렇게 했어도 감염자를 치료한 소이치로의 유전자 증폭 검사라도 하고 싶은 것이 이부용의 솔직한 심정이었다.

그래서 대략 합의를 했는데, 그날 저녁 소이치로는 한 떼의 여성들에게 둘러싸여 혼쭐이 나고 말았다.

소이치로의 능력은 현대 과학으로 증명할 수 없으며 괜히 잘못 건드렸다가 이상한 방향으로 흐르는 것을 원천 차단하겠다는 측근들의 의지는 단호했다.

너무 과민하게 신경을 쓴다면서 차라리 연구진에게 모두 맡기고 일본을 다녀오라는 권유를 할 정도였다. 본인도 답답했고 공감이 갔기에 다음 날 일본행 비행기에 몸을 실었다.

"굳이 안 따라와도 되는데……."

"안 돼요. 아빠가 이젠 무조건 언니나 저 중에 한 명은 반드시 따라다녀야 한다고 신신당부하셨어요."

"네가 좋아서 그런 건 아니고?"

"저도 바람 쐬고 좋죠 뭐."

따능이 따라붙었다.

실리완도 가고 싶은 눈치였지만 최근 관리할 사업이 더 많아지고 그녀의 비중이 더 커졌기에 따능에게 양보해야 했다.

한때는 소이치로도 따능과 함께 다니는 것이 부담스러웠으나 어느 순간부터는 극복이 되었다. 아무 생각이 없을 수는 없겠으나 최소한 부담을 주지 않는 매우 쿨한 성격의 소유자였기 때문이다.

일본을 찾은 이유는 미쓰비시는 둘째 치고 다쿠야가 주도하는 새 정당, 인본민주당이 창당을 앞두고 있었기 때문이었다.

보안에 유념한 결과, 다행히 공항에 기자들은 보이지 않았다. 그 대신 아주 반가운 얼굴, 안승태 사장을 볼 수 있었다.

"이게 대체 얼마 만입니까? 안 사장님."

"하하하! 아직 한 달도 안 됐습니다."

"건강한 모습을 뵈니 너무 좋네요. 이젠 정말 완전히 극복되신 거죠?"

"물론입니다. 보는 눈이 있으니 일단 차로 이동하시죠."

"네."

차 안에서 그간의 경과를 보고 받았다.

일정상으로는 히타치 본사와 SSL 투자금융에 들러야 하지만 소이치로는 뜻밖에도 다른 곳으로 가자고 지시했다.

안 사장과 나눌 이야기가 많기도 했지만 아직도 일본에 근거를 두고 있는 닛산의 잔재를 완전히 없애려면 마코토 가문과의 묵은 빚을 정리할 때가 되었다고 판단한 것이다.

그래서 그들의 본거지인 요코하마로 향했다.

"언제든 지시만 내려 주시면 결정타를 날릴 수 있는 증거를 모두 확보했습니다."

"카이토에 대한 것이라면 결정타가 되기는 어려울 겁니다. 그러니 잘 숙성되도록 좀 더 묵혀 두십시오."

"일본 국민들의 관심이 끊어지는 것이 가장 염려스럽습니다. 그런 틈을 타 개수작을 부리려는 것도 가증스럽고요."

"무슨 말씀이신지는 알겠는데, 일본인들이 그렇게 멍청하지는 않습니다. 분명 정리해야 할 기업이라고 생각하지만 그들의 마음 한편에 자리 잡고 있는 불안감, 두려움이 다 사라지려면 결국 시간이 필요할 겁니다."

"음……. 그래서 개혁 정당을 추진하시는 겁니까?"

"개혁 정당이요? 하하하! 그렇지 않습니다. 그저 중도적인 민주 정당이라고 보는 게 나을 겁니다. 그래야 안정적인 지지를 받을 수 있을 것이고요."

대내적인 개혁을 원했다.

그렇게 하려고 했던 것도 사실이다.

하지만 막상 상황의 한가운데 들어와 시간을 보내며 상황의 추이를 살펴본 소이치로는 개혁이라는 기치 아래 일본인들을 줄 세우는 것은 매우 어려운 일이라는 결론을 내렸다.

굳이 개혁을 앞세우지 않더라도 깨끗하고 선명하며 상식이 통할 수 있는 사람이 지도자로 나서서 민심부터 얻는 것이 순서였다.

경제가 흔들리고 있는 마당에 정치권마저 변하는 것에 거부감을 가지는 이들이 많아 걱정이지만 정치가 바뀌어야 경제도 민주화가 된다고 생각했다.

"오랜만입니다. 히로시."

"어떻게 이 시골까지 다 찾아오셨습니까?"

"그러게요. 예정에 없었는데, 도쿄 공항에 착륙한 순간, 이젠 바로 잡을 때가 되었다는 생각이 들었습니다. 당신과의 약속도 지켜야 하고."

"바로잡다니요?"

"유우마 가주를 뵙고 말씀드리겠습니다."

"지금 아버님을 만나시겠다고요?"

"아유카와 가문의 전권을 위임받아 행사하고 있는 후계자가 마코토 가문의 가주를 만나는 것이 이상한 일입니까?"

"아, 아닙니다. 차부터 드시면서 잠시만 기다려 주십시오. 아버지도 소가주를 뵈려면 마음의 준비가 필요할 겁니다."

"히로시. 지금 당장 달려 나오라고 전하세요!"

"네!"

아무리 품을 떠났어도 망해 가던 닛산을 인수한 지금, 마코토 가문의 주인이 자신의 앞에 고개를 빳빳하게 들 그 어떤 이유도 찾을 수 없다는 게 소이치로의 판단이었다.

물론 미리 연락하지 않고 찾아왔으니 마중까지 기대하지는 않았다. 하지만 만남을 허락받을 위치는 아니었으며 부르면 달려 나와 맞이해야 하는 입장임을 새삼 강조한 것이다.

깜짝 놀란 히로시가 밖으로 후다닥 뛰어나간 이유는 사태의 엄중함을 비로소 깨달았기 때문이었다. 한때 못된 짓을 벌였으나 충성을 맹세한 그에게 이 가문의 위를 넘겨주겠다고 했던 말도 지켜야 했다.

"후후후! 멋지십니다."

"그래 보였습니까?"

"네. 진즉에 그렇게 강하게 나가셨으면 더 좋았을 겁니다. 닛산을 인수하기 전부터."

"그렇긴 하죠. 일본에서는 더더욱."

"아시면서 왜 그렇게 하지 않으셨습니까?"

"제가 일본인은 아니지 않습니까? 하하하!"

그 말에 놀란 사람은 왼쪽에 서 있던 따능이었다.

차논은 물론 실리완도 소이치로의 특이한 삶에 대해 알고 있다. 하지만 따능은 그런 것에 관심을 두지 않아 모르고 있었던 것이다.

소이치로는 안 사장과는 이미 마음을 터놓은 상황이었기에 거리낌 없이 말을 했으나 갑자기 자신의 어깨를 툭 치며 엉뚱한 질문을 던지는 따능에게 찔끔하지 않을 수 없었다.

"보스. 빙의한 건가요?"

"언니나 아빠한테 물어 봐."

"뭐라고요? 나만 몰랐던 건가요?"

"관심이 없었던 거 아냐?"

"좋아요. 전 그딴 거 별로 중요하다고 생각하지 않으니까. 근데 정말 궁금한 게 있어요."

"나중에 하지."

"딱 하나만요. 혹시 연 사장님과 전생부터 알고 지낸 사이였던 건가요?"

소이치로는 고개를 끄덕였다.

지금 문 앞에 히로시와 그의 부친이 와 있었기 때문이었다.

어차피 알게 될 내용이라면 인정하는 것이 옳았고 가급적 번거로운 상황은 피하고 싶었기 때문이다.

그걸 안다고 달라질 것은 없으며 오히려 더 선명해질 수도 있다고 판단했다. 그런데 또다시 질문이 터질 것 같았다.

다행히 문이 열리면서 따능의 입은 닫히고 말았다.

"소가주. 본가에 방문하신 것을 진심으로 환영합니다."

"오랜만에 뵙습니다. 유우마 가주."

"지난번에 무례를 범해 내내 송구한 마음을 감출 수 없었는데, 이렇게 뵙게 되어 그 짐을 덜고자 합니다."

"그래요? 그렇다면 쿄헤이부터 대령하시죠!"

"그 아이는 지금……."

"아버지! 뭐가 무서워 제가 저자를 피해 몸을 숨깁니까!"

"이런 멍청한 놈!"

첫 방문 때, 감히 나서서 주제 넘는 짓을 했던 마코토 가문의 장자가 나타났다.

부친이 위험을 감지하고 몸을 피하라고 명을 내렸음에도 놈은 아직도 정신을 못 차리고 제 발로 사지로 걸어 들어온 것이었다.

물론 피한다고 잡지 못할 리는 없다.

이 집안에 제대로 된 경호원이 몇이나 있는지 모르지만 소이치로가 나서지 않고 세이프티 요원들만 움직여도 그를 잡아 대령하는 것은 순식간일 테니까.

또 한 번 부친의 꾸지람을 들었으나 놈은 인상만 구길 뿐이었다. 부친의 권위마저도 우습게 보는 광경에 놈을 잡을 명분은 더욱 강화되었다.

"제가 움직일까요? 아니면 가주께서 꿇리시겠습니까?"

"히로시. 네 형을 묶어 소가주 앞에 무릎을 꿇리거라!"

"아버지!"

"히로시. 어서!"

놈은 다가서는 히로시를 보더니 큰소리만 떵떵 쳤지, 엉겁결에 내민 저항하던 팔이 비틀리더니 목에 감고 있는 자신의 넥타이로 결박을 당하고 말았다.

히로시가 그런 쿄헤이를 밀어 소이치로 앞에 왔지만 무릎을 굽힐 생각을 하지 않고 버티자 결국 한 방 얻어터졌다.

소이치로는 길게 끌고 싶지 않아 놈을 기절시켜 버렸다. 손 하나 대지 않고 제압하는 광경에 유우마는 입술을 깨물었다.

아직도 사태 파악을 하지 못하기는 장남과 크게 다르지 않았다. 반감이 극에 달한 그의 마음을 읽어 낸 소이치로는 단호한 명을 내렸다.

"마코토 가문의 복귀를 명한다!"

"소가주!"

"거부한다면 당신과 당신의 사랑하는 아들은 더 이상 이 가문에 남지 못할 것이오."

"우린 이미 반세기 전에 응당한 대가를 치렀소이다."

"대가? 돌려주지. 원한다면. 하지만 히로시, 당신 생각은?"

"저는 기꺼이 아유카와 가문의 휘하로 복귀하겠습니다. 그 어떤 대가도 바라지 않습니다. 그게 가문이 살 길이며 올바른 방향이라고 믿습니다."

"저, 저런 미친놈이!"

원했던 방향은 아니었다.

하지만 분명해진 상황을 있는 그대로 받아들이기로 결정했다. 유우마와 쿄헤이는 이제 침을 흘리고 다니는 신세가 되었고 그 자리에서 새로운 가문의 수장을 소이치로가 임명했다.

다행인 것은 그 장면을 지켜보고 있던 적잖은 소속원들이 모두 히로시를 따르고 있다는 점이었다. 추측컨대 자신이 손을 쓰지 않았어도 결국 이 가문의 주인 자리를 움켜잡을 인물은 히로시 마코토였던 것이다.

"히로시. 그간 서운했을 텐데, 이제 SSL 모터스 일본지사로 출근하십시오."

"제게 다시 중책을 맡기시는 겁니까?"

"내가 약속을 하지 않았습니까? 좀 늦었군요. 지사장 직을 맡길 테니까 업무가 파악되는 대로 저를 한 번 찾아오세요. 웬만한 요구 사항은 다 들어 드릴 겁니다."

"소가주! 신명을 다하겠습니다."

점심까지 후하게 대접받았지만 긴 대화를 나눌 겨를은 없었다. 다쿠야와 만날 시간이 다 되어 가고 있었기 때문이었다.

곧바로 일본 정치가의 본산인 도쿄 치요다로 향했다.

인본민주당 당사는 보란 듯이 자민당 건너편 신축 빌딩

에 얻었다. 아직 한 개 층만 사용하지만 의원 한 명 없는 신생 정당치고는 파격적인 창당식이 준비되고 있었다.

각계각층의 인사들을 초청했으나 얼마나 참석할지에 대해서는 의견이 분분했다. 인본민주당의 성격이 어떤지 웬만한 사람들은 다 알고 있었기 때문이다.

인생 2막,
섬나라 재벌로!

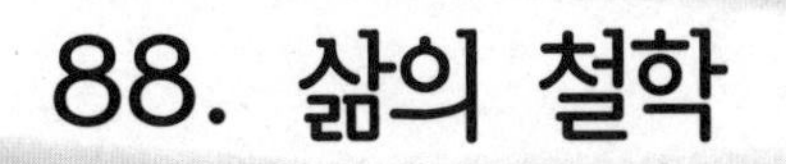

88. 삶의 철학

인생 2막,
섬나라 재벌로!

“이게 누구신가?”

“안녕하십니까? 혹시 집을 잘못 찾아온 것은 아닙니까?”

“허허허! 역시 대단하군, 대단해. 내가 이래서 꼭 한 번 만나 보고 싶었다니까.”

남의 잔치에 초를 치러 온 것일까?

자민당 출신의 전 총리가 창당기념식에 참여했다.

본인은 자랑스러워하지만 소 대표가 보기엔 그저 전범의 피가 흐르는 것을 부끄러워해야 할 사람인데, 자민당 내 열렬한 지지를 받으며 장기 집권했으며 그로 인해 일본이 더 깊은 나락으로 빠져들었다.

물론 참석해서 자리를 빛내 주는 효과는 있을지 모르나 자신들을 적폐 세력이라고 주창한 정당이 반가울 리가 없다.

그런데도 똘마니들을 줄줄이 묶어 참석해 가장 앞자리에 앉았던 것이다. 애초 다른 테이블이었으나 같이 앉기를 권하자 소이치로는 사양하지 않았다.

"축사라도 한마디 해야 하나?"

"자중하시죠!"

"자중?"

"떠날 때를 알아야 명장이라 했습니다."

"허허허! 젊은 친구가 날 너무 몰아세우는군."

그 말이 나오자 옆에 있던 자들이 맞장구를 치며 떠들썩해졌다. 이미 식이 시작되었고 분위기가 무르익고 있었는데, 시선이 쏠리면서 어수선하게 방해가 되었다.

이 작자들의 노림수가 이런 게 아닌가 싶어 그대로 둬서는 안 되겠다는 생각이 들었고 소 대표는 전 총리에게 바짝 다가앉아 귓속말로 몇 마디를 건넸다.

그의 얼굴이 똥이라도 씹은 듯 일그러졌으나 소 대표는 묘한 미소를 지으며 돌아앉아 강단을 주목하기 시작했다.

이후 전 총리는 손을 들어 산만한 분위기를 잠재웠다.

'이거 하늘이 준 기회인가?'

적당히 끝내려고 했었다.

하지만 그가 단상에 올라 몇 마디 던지면 그 파급효과는 모두가 예상하는 것보다 훨씬 크다는 판단을 내렸다.

그래서 손을 썼다.

진실만을 이야기 하도록.

그러고는 오가타를 불러 다쿠야에게 전 총리의 축사를 넣으라고 권했다. 초를 치러 온 그가 무슨 말을 할지 이젠 정말 기대가 컸기 때문이다.

그리고 기념식이 끝나 갈 무렵, 그가 단상에 올랐다.

"먼저 인본민주당의 창당을 진심으로, 진심으로……."

축하한다고 말해야 하는데 입이 떨어지지 않는지 말을 더듬었다. 원래 잔머리를 잘 굴리는 것으로 유명한 작자였기에 왜 그런 자에게 발언의 기회를 주나 싶었던 창당 멤버들은 말을 더듬는 그를 보며 일제히 웃음을 터트렸다.

축하한다는 말을 하지 못하고 얼버무린 그가 연이어 버벅 댔기 때문이다. 그냥 인사나 하고 내려올 것이지, 실점을 만회하려고 여러 화두를 꺼냈는데, 그럴 때마다 끝을 맺질 못했다.

급기야 제 자랑을 하려고 경제 이야기를 꺼냈는데, 그때부터는 자살골이었다.

"제가 주창한 아베노믹스로 인해 일본 경제는 버블 경제가 붕괴된 이래 그야말로 최악의 사태에 직면해 있습니다.

아니, 그게 아니라 일본 국민들의 삶은 확실히 최악으로 치닫고 있습니다. 허어! 이게 아닌데, 제가 왜 이러죠?"

"신조 총리. 너무 솔직하신 것 아니십니까?"

"소이치로 대표. 당신과 같은 젊은 기업인이 개혁과 혁신으로 일본의 미래를 개척하는 것은 참으로 바람직합니다. 하지만 나라는 빚더미에 눌려 곧 망하게 생겼는데, 당신 가문만 잘 먹고 잘산다는 게 말이 됩니까!"

"일본에서 기업 활동을 하는 것이 어렵게 만든 장본인께서 그리 말씀하시면 곤란하죠. 그리고 공과 사는 구분하셔야죠! 아무리 대기업들과 짬짜미해 제 배를 불렸어도 그렇죠, 이제 더는 국민들을 위해 환부를 도려내야 하는 거 아닙니까?"

"그건 그렇지. 폭삭 다 망하기 전에 암 덩어리들은 추려내야지. 아아! 내가 지금 무슨 말을 하고 있는 거죠?"

당황이 과도한 나머지 그는 비틀거렸다.

그는 지금 죄를 자복하고 있으며 일본의 현실에 대한 솔직한 심정을 밝히고 있었다. 그런 생각을 가지고 있으면서도 아닌 척하며 또 다시 집권할 생각에만 골똘하고 있다.

그의 뒤를 이은 총리들이 자질과 뻔뻔함이 부족해 국민들이 등을 돌리고 있으며 한편으로는 자신을 연호하는 자들도 있기 때문에 혐한을 통한 수작질로 얼마든지 다시 권력을 잡을 수 있다고 믿고 있었다.

그 배후에 미쓰비시가 막대한 자금을 대고 있었다. 그들은 죽기 살기로 매달리고 있었는데, 소 대표가 귓속말로 그걸 지적했던 것이다.

헛소리만 해 대고 몸이 안 좋은 척 부축을 받고 내려갔지만 그의 발언은 참석자들만 들은 게 아니었다. 이미 원고를 써서 속보로 내보내라고 송고한 기자들도 있었다.

"제 손위 처남이자 우리 인본민주당의 든든한 후원자인 아유카와 가문의 적장자를 앞으로 모셔 감사를 표하고 싶습니다."

"어허!"

"어서 나와 한 말씀 하시죠."

소 대표는 분위기를 읽고 필요한 측면 지원을 할 생각이었다. 그런데 뜻하지 않은 대어가 걸려 이미 할 바는 다하고도 남았다.

신조가 경쟁 정당의 창당기념식에 와서 더 이상 좋을 수 없는 축사를 하는 바람에 뉴스 속보가 궁금할 지경이었다.

그런데 초대 당대표로 추대된 오가타가 직접 소이치로를 지목하면서 사람들의 시선이 집중되지 않을 수 없었다.

말은 하지 않아도 인본민주당을 열게 된 배후에 그가 있음을 모르는 이들이 없지 않았다. 그래도 전면에 나서지는 않았는데, 이렇게 된 마당에 나서지 않을 수 없었다.

"창당을 진심으로 축하합니다. 저는 이제야 깨인 시민들의 올바른 의견을 정치권에 전할 수 있는 통로가 열렸다고 감히 생각합니다. 이미 뜻을 세운 여러 정당이 존재하지만 정치가 국민들을 바라보고 국민들을 위해 일하는 꼴을 보지 못했습니다."

"와아아! 인본당! 인본당!"

"방금 전에 오랫동안 일본을 이끌었던 전 총리가 시인하셨듯이 일본 정치는 구태를 벗어나지 못했습니다. 나라가 이 모양 이 꼴이 되었는데도 아무도 책임을 지기는커녕 권력욕에 사로잡혀 제 배만 불리려고 혈안이 되어 있습니다. 혹시 제 말씀이 불편한 분들은 그만 나가셔도 좋습니다."

야유를 보내려던 자들이 일제히 일어서 나갔다.

그래 봐야 십여 명이었고 그 중에는 더 이상 정계에 발을 붙일 수 없게 된 신조 전 총리도 포함되어 있었다.

이를 바득바득 갈지만 그에게 남은 길은 하나뿐이었다.

여지껏 부정을 저지르고도 정치인들은 다 용서를 받았다. 아예 재판에 회부되지도 않고 은퇴를 하는 것으로 대신했다.

그러나 그런 시대는 이제 끝나야 한다.

"전 인본민주당이 집권하는 세상이 와야 일본이 변할 수 있다고 생각합니다. 할 말이 많고 많지만 다 하려면 여러분들이 오늘 집에 돌아가시지 못할 것 같아 한 마디만 더 보태겠습니다. 부디 인본에 맞는 정치를 해 주시길 부탁드립니다."

- 소이치로 대표님. 질문을 좀 드려도 되겠습니까?

"이 자리는 제가 인터뷰하기에 적절하지 않은 것 같군요. 오늘은 다들 의미 깊은 기념식을 축하해 주시고 내일 아침 제가 기자 여러분들을 모시고 같이 식사하면서 다양한 이야기들을 나누고 싶습니다."

미쳤나 싶었다.

전혀 예정에 없던 약속을 하고 말았다.

더는 일본 정치나 경제 상황에 끼어들지 않으려고 했다. 그런데 이것도 버릇인 된 건가?

그게 아니라 속 시원하게 얘기하고 싶었다.

일본인들이 인정하지 않고 있는 현실을 일깨워 줄 필요가 있었고 그 자리를 위해 그날 밤 정확한 의견을 보탤 수 있는 패널 3명을 섭외했다.

아예 작정하고 판을 벌이려고 마음을 굳힌 것이다.

"오빠! 대체 왜 그러세요?"

"뭐가?"

"왜 십자가를 지냐고요? 안 그래도 머리 아플 텐데."

"이게 다 네 낭군 대통령 만들어 주려고 그러는 거야!"

"대통령?"

그 말에 다쿠야도 반응했다.

그런 얘기는 금시초문이었기 때문이다.

그래서 소이치로는 자신을 생각을 일부 밝혔다.

위기의 일본을 살려내려면 보다 강한 지도력이 필요하고 더 강력한 국민들의 지지를 받아야 한다.

때문에 짜고 치는 고스톱 같은 의원내각제를 버리고 삼권이 분리된 민주적인 정치 시스템부터 갖춰야 한다고 역설했다.

물론 갈 길은 멀다.

"개헌을 하려면 일단 머릿수부터 확보해야지."

"그래서 직접 나서려는 겁니까?"

"난 내일 한국을 본받자고 할 거야!"

"소이치로!"

"너부터 의식을 바꿔. 알잖아? 이미 한국이 일본을 추월하고 있다는 것을!"

"하지만 너무 민감한 사안이야. 반발이 더 클 수도 있다고."

"적당히 알아서 해 볼게."

이러려고 일본에 온 것은 아니었다.

하지만 이 흐름을 막을 수가 없었다. 미쓰비시의 더러운 행각들이 온 세상에 드러나 재판이 진행 중인데도 일본 사회는 또다시 과거로 회귀한다는 느낌을 지울 수 없었기 때문이다.

게다가 바이러스가 창궐해 팬데믹 사태가 빚어진다면 아무런 방비가 되어 있지 않은 일본은 꿈쩍도 하지 못하고 무너질 가능성이 높다.

그런 위기감이 오히려 기회가 될 수도 있다고 판단했다.

판을 완전히 뒤집을 수 있는.

하지만 그에 대한 직접적인 이야기는 언급하지 않았다.

"료코. 내가 지금부터 말하는 것을 명심하고 진행해."

"뭔데요?"

"의료 사업."

"의료 사업? 그건 돈이 되지 않아 다들 기피하는 거잖아?"

"SSL 의료복지재단을 설립하고 경영에 어려움을 겪는 전국의 일정 규모 이상인 병원들을 인수해."

"복지? 이제 겨우 수익을 내고 있는데, 그런 여력이 어디 있다고?"

"히타치 본사 부동산을 처분해도 좋아. 필요하다면 가문의 자산에 손을 대도 좋고."

거기까지 언급하자 놀라기도 했으나 오히려 고개를 끄덕였다. 뭔가가 있지 않다면 이런 파격적인 지시를 내릴 리가 없기 때문이었다.

그런데 묻지도 않았다. 어차피 물어도 답을 들을 수는 없을 것이고 때가 되면 알려 줄 것이라고 생각했다.

거기에 보태 의료기기 중소기업들 중에 기술력이 탄탄하거나 생산 설비를 갖춘 회사들을 인수하라는 지시도 내렸다.

만약 SSL 바이오가 정상적인 결과를 내더라도 일본까지 챙길 여력은 되지 않을 가능성이 높아 자구적인 해결책을 찾기 위한 시스템을 갖추고자 한 것이다.

"힌트 좀 줘. 방향을 알아야 실수를 하지 않잖아."

"의료 붕괴가 일어날 거야."

"왜? 흑사병 같은 전염병이라도 도는 거야?"

"비슷해. 아직 공개되지 않았지만 곧 알려질 거야."

"그럼 관련 업종이 대박을 치겠네!"

"대박? 그런 식으로 접근하면 안 되고 우리 가문이 진 빚을 다 턴다는 각오로 매진해야 할 거야."

"빚? 무슨 빚?"

의견 차가 확연했다.

료코는 의외로 보수적이며 극우적인 성향까지 지녔다.

때문에 진지한 설득이 필요했다. 다행히 방법은 간단했다.

남편인 다쿠야가 민주 정치인으로 개혁에 앞장 서야 할 인물이기에 그에 맞게 의식의 변화를 꾀하라고 타이른 것이다.

그래도 사람의 생각이 쉽게 바뀌진 않겠으나 적어도 남편의 앞길을 막을 만큼 어리석은 인사는 아니었다.

또한 오빠 말을 잘 듣는 것이 그들 부부의 미래를 보장받는 길이라는 생각이 확실했기에 더는 사족을 달지 않았다.

* * *

"우리 일본인들의 삶의 철학은 뭘까요?"

"어디 한두 가지입니까. 근면하고 성실하며 머리도 좋고 예의도 바르고……."

"그건 삶의 철학이 아니지 않습니까?"

"어떤 것을 말씀하시는 건지요?"

"사람이 살아가는 데 가장 중요한 가치를 뭐라고 생각하느냐는 말입니다."

조찬 기자회견은 가벼운 대화로 시작되었다.

소이치로가 초빙한 3명의 패널은 일본을 대표하는 진보 지식인들로 방송에도 자주 등장하며 학계에서도 인정받는 교수들이고 학자이기도 하다.

그런데도 그들은 쉽게 대답을 하지 못했다.

왜냐면 심각하게 고민해 본 적이 없기 때문이다. 그러나 소이치로는 그게 문제라고 생각했다.

삶의 철학이 없기에 쉽게 휘둘리는 것이다. 힘에 복종하고 살기 위해 일을 하며 모두가 함께 이룬 것을 자기 것인 양 자랑스럽게 여기며 살고 있다.

"비근한 예를 하나 들어 보겠습니다. 여러 일본인들이 매우 꺼려하는 한국인들 얘기를 하는 것이 불편할지 모르지만 같이 한 번 생각해 볼 필요가 있습니다."

"한국인들의 철학에 대한 겁니까?"

"네. 한국은 대륙을 통일했던 대제국들로부터 수없이 많은 침략을 당했습니다. 치욕의 역사도 있으나 비교도 할 수 없는 거대한 적을 대부분 물리쳤고 일본의 침략도 견뎌냈습니다."

"그래도 우리 일본에게 지배를 당했던 약소국 아닙니까?"

"35년간 식민 지배를 당했던 것은 사실이죠. 하지만 그 것만으로 한반도에 세워졌던 국가가 약소국이라는 말은 어불성설입니다. 수천 년을 따져 보면 한국은 일본보다 훨씬 잘살고 풍성한 문화를 향유했던 국가입니다."

일본인들의 뇌리에 박혀 있는 것은 오직 식민 지배를 했던 기억뿐이다. 그러나 따져 보면 그 백배가 넘는 기나긴 세월 동안 한반도에 세워진 국가들은 일본보다 앞선 문화를 누렸다.

전파해 준 흔적이 선명하게 남아 있어 어설픈 반박을 했다가 현명한 소이치로에게 당할 게 두려웠는지 아무도 입을 열지 않았다.

일본이 더 잘 살았다면 굳이 배 타고 넘어와 노략질을 할 이유가 없었을 것이라는 말은 반박의 여지가 없었다.

"한국인들의 철학은 뭐라고 생각하십니까?"

"인본주의입니다."

"인간을 중시하는 사고방식 말이군요. 그건 민주주의의 기본 철학 아닙니까?"

"그렇죠. 인류는 근대에 접어들어 인본에 대한 의식이 생겨났습니다. 하지만 한국은 그런 개념이 단군신화에서부터 보이고 있습니다."

"너무 과도한 포장 아닌가요?"

"널리 사람을 이롭게 해야 한다는 통치 이념은 역사와 함께 내려와 신분제 하에서도 인명을 귀히 여겼습니다. 지금도 불합리한 상황을 보면 참지 않고 궐기하는 이유가 바로 거기에 뿌리를 두고 있기 때문입니다. 공정과 정의를 부르짖다 희생되기도 하는데, 일본인들도 그렇게 자유를 쟁취했나요?"

그렇지 않다.

일본은 민주주의 제도를 쟁취한 적이 없다.

패전 후 어쩔 수 없이 받아들였을 뿐, 공산화가 되지 않으려고 싸워 본 적도, 자유와 권리를 위해 노력한 적도 없다.

한반도에 전쟁이 나 동족상잔의 비극이 벌어졌음에도 그들은 얍삽하게 경제 번영의 호기로 적극 활용했고 빠른 성장을 거듭해 선진국의 반열에 올라섰다.

중요한 것은 부유한 삶에 취해 정치와 경제계가 온갖 비리의 온상이 되었음에도 민주화의 열의는 살아나지 못했다.

"현 일본의 위기가 철학의 부재 때문이라도 생각하십니까?"

"정의롭지 못한 일이 벌어져도 사실을 호도하고 왜곡하며 누군가 나서서 옳은 소리를 하면 떼거리로 몰려들어 핍

박하고 결국은 두려워서 입을 닫게 만드는 그런 사회 아닙니까!"

"굉장히 비판적이시네요. 정치의 사유화, 자본의 횡포가 극심한 것은 사실이지만 그래도 아시아 유일의 G7 국가이지 않습니까!"

"그런 겉치레로 국민들의 눈을 속이고 역사를 부정하며 제국주의적인 야망을 되살리려는 작자들이 판을 치는 세상입니다. 이제라도 일본은 현실을 겸허히 받아들이고 바닥에서부터 다시 재건해야 한다고 생각합니다."

오늘 조간신문에 자민당의 추악한 실체가 까발려졌다.

진실을 얘기한 신조 전 총리의 고백에 보수 세력마저 등을 돌렸다. 이미 나라를 망친 원흉인데도 또다시 집권하려고 수작을 부리고 있었다는 사실에 국민들도 화가 많이 났다.

그런데 더 웃기는 것은 자민당 내 유력한 중진들이 재빨리 선을 그으며 오히려 신조를 몰아세우고 있다는 점이었다.

어차피 다 한 통속이라는 것은 모르지 않건만 그 하는 짓거리가 하도 기가 막혀 인본민주당의 창당은 반사 이익을 거뒀다.

이미 저명한 식자들이 다수 참여했는데, 이젠 입당 러시까지 이뤄지고 있었다. 일본 국민들은 웬만하면 정당에 소속되는 것을 꺼리는데, 매우 센세이셔널한 현상이었다.

"결국 기성 정치인들이 물러나야 한다는 거죠?"

"물론입니다. 여러분도 다 아시지 않습니까! 그들끼리의 리그였다는 것을. 똥 묻은 개가 겨 묻은 개 나무라는 한심한 작태를 여러분도 오늘 조간신문에서 보지 않았나요?"

"오호! 모욕죄로 고소당하시면 어쩌시려고?"

"누가 누구를 고소한단 말입니까? 아마도 자신은 아닐 거라고 생각할 겁니다. 하하하! 그리고 얼마든지 고소해도 좋습니다. 누구든 법정에서 낱낱이 까발려 줄 수 있습니다."

"결국 일본이 다시 일어서려면 정치가 바로서야 한다는 말씀이시죠?"

"정치인은 그저 국민의 종복일 뿐입니다. 잘하면 계속 시키는 것이고 못하면 선거에서 표를 주지 않으면 됩니다. 고로 정치가 바로 서려면 국민들이 선거로 심판을 하셔야 합니다."

정권 심판론이 튀어 나왔다.

이제껏 야당 정치인들의 단골 메뉴였으나 지금처럼 강한 동기부여가 된 적이 없었다. 소이치로는 나라를 되살리려면 투표부터 올바르게 해야 하며 진정한 주권은 국민에게 있음을 거듭 강조했다.

그와 더불어 이제 한국과 진정한 화해할 때가 되었다고 말했다. 더 이상 민감할 수 없는 주제였지만 다행히 그 화제를 잘 받아넘긴 패널이 있었다.

"한국의 1인당 GDP, 그리고 실질소득이 우리보다 앞선 것은 부정할 수 없는 사실이죠. 아직도 미망에서 벗어나지 못하고 한국을 깔보는 경향이 있는데, 정확한 정보부터 공개해야 한다고 생각합니다."

"혹자는 그러시더군요. 저더러 친한파라고. 네, 맞습니다. 전 한국인들이 정말 대단하다고 생각합니다. 미국과는 친하게 지내야 한다고 하는 이유가 뭡니까?"

"하하하! 그야 강대국이기 때문이겠죠."

"그렇다면 한국과도 친하게 지내야 합니다. 이제 겨우 우리보다 조금 앞섰을 뿐인데, 그렇게까지 저자세로 나가야 할 이유가 있느냐고 물으실 수 있지만 그래야 할 만큼 한국은 강합니다. 아니, 더 강해질 겁니다."

진보적인 패널들도 거기에는 공감하기 어려웠는지 바로 공감하는 표현은 나오지 않았다.

일본인들은 아직도 자신들이 제재를 가하면 한국이 심각한 타격을 입을 것이라고 철석같이 믿고 있기 때문이었다.

그러나 그런 생각까지 다 내다 본 소이치로는 보다 근본적인 사안을 짚었다.

"단교를 하자는 분들이 있더군요. 그 얼마나 멍청한 생각인지 정말 답답합니다. 지금까지 한국과의 교역을 통해 얼마나 많은 돈을 벌었는지 모릅니까? 아니, 지금도 수익을 보고 있는데, 이득을 보는 입장에서 그게 할 소리입니까!"

"저도 확인해 봤는데 실로 어마어마하더군요. 국교 정상화 이후 거의 100조 엔에 가깝습니다."

"일본이 국교를 단절하고 경제 제재를 가하면 한국이 망할 거라고요? 저는 일본이 먼저 망할 거라고 봅니다! 당장 심각한 타격을 입는데, 왜 남의 일처럼 떠드는지 모르겠습니다!"

"그렇게 보시는군요!"

"그리고 내각 장관이라는 자가 그러더군요. 전쟁을 해서라도 국익을 지켜야 한다고! 정말 한국과 전쟁을 벌이면 이길 것 같습니까?"

나가도 너무 나가는 게 아닌가 싶었다.

그러나 소이치로는 그만둘 의향이 없어 보였다.

물론 전쟁은 일어날 가능성이 제로에 가깝다. 그러나 국지적인 분쟁이 벌어져도 일본군은 한국군을 이길 수 없다고 단언했다.

월등한 무기를 지녔어도 이기기 어려운데 현실은 그렇지가 않으며 더 심각한 것은 자위대의 한심한 전력이라고 말했다.

"한 설문조사에서 한국인들은 일본이나 중국과 전쟁이 나면 쉰 살이 넘었어도 자원입대하겠다는 응답률이 높습니다. 우리 일본인들도 그럴까요?"

"그런 거 보면 한국인들이 참 대단하죠. 제 주변에 자원입대할 사람은 거의 없을 겁니다. 하하하!"

"일왕이 나서서 독려를 해도 이젠 그러지 않죠. 그럴 자격도 없을뿐더러 그런 명을 내릴 분도 아닙니다. 전 자위대원들이 도망만 치지 않아도 다행이라고 생각합니다."

이 의견에 대해서는 추후 적잖은 비판을 감내해야 했다.

하지만 많은 사람들이 공감하며 현실을 직시한 발언이기도 했다. 한 패널은 아주 흥미로운 이야기를 보탰다.

왜곡된 역사교육을 받은 영향 때문인지 어린 학생들 중에 한국을 동경하는 이들이 상당히 많은데, 한국의 식민지가 되어도 좋다고 말을 한다는 것이었다.

식민지가 나쁜 게 아니라고 생각하기 때문에.

그는 어처구니가 없다면서 크게 웃었고 다들 쓴웃음에 동참했다. 하지만 소이치로는 찬물을 끼얹었다.

"그게 웃을 일입니까? 얼마나 이 나라가 잘못 가고 있는지 극명하게 보여 주는 단초라고 생각합니다."

"역사교육이 과도하게 보수적인 것은 사실이죠. 특히 전범 국가라는 것을 인정하지 않고 피해자 코스프레를 하는 것은 사실 피해를 입었던 국가들이 본다면 화가 날 일입니다."

"한국은 우리에게 아주 특별한 이웃입니다. 그들이 없다면 지금의 일본도 없었을 것이라고 전 생각합니다. 비록 꼬이고 꼬여 반감이 크지만 이제라도 잘못을 인정하고 사죄한다면 새로운 관계로 나아갈 수 있다고 믿습니다."

아니나 다를까, 이미 수없이 사과했고 한국은 약속을 지키지 않는 나라라는 의견이 튀어 나왔다.

하지만 그 질문을 받은 소이치로는 그를 빤히 쳐다만 볼 뿐, 한동안 말을 하지 않았다. 이보다 더 큰 부정은 없었다.

그리고 꺼낸 한마디는 충격이었다.

"일본인들은 '진심'이라는 단어를 이해하지 못하는 것 같습니다. 질문을 던진 기자 분께 묻겠습니다. 당신은 일본 제국주의자들이 저질렀던 수많은 전쟁범죄에 대해 진심으로 미안한 마음을 가지고 있습니까?"

"제가 저지른 죄도 아닌데, 제가 왜 미안해합니까?"

"그럼 2차 대전 당시에 참전했던, 제국주의에 동조했던 분들이 이제 단 한 명도 살아 계시지 않을 테니 사과할 필요가 없다는 거군요."

"이미 하지 않았습니까?"

"이래서 안 된다는 겁니다. 내 아버지, 내 할아버지를 죽이거나 핍박한 이웃이 그렇게 가증스럽게 군다면 난 절대 용서하지 못할 겁니다. 당신은 괜찮은가 보군요!"

앞에서는 웃지만 뒤돌아서면 딴마음을 품는 것은 인간의 속성 중에 하나다. 하지만 유독 그런 국민성을 짙게 보이는 국가가 있으니 그게 바로 일본인들이다.

그저 자신의 삶과 생존만 중요할 뿐, 타인의 입장과 마음을 헤아리려 하지 않는다. 특히 책임지지 않으며 그때는 어쩔 수 없었다는 핑계만 대곤 한다.

더 중요한 것은 그런 인식을 가지도록 유도하며 앞장 서 모범을 보인 것이 바로 일본 보수 정치인들이다. 끝까지 책임지지 않으려고 왜곡하고 호도한 나머지 식자에 해당하는 기자들마저 인식이 그러한데, 뭘 더 어쩌겠는가!

"제때 화해하지 못하고 억지만 부린다면 일본은 곧 큰 난관에 봉착할 겁니다. 너무 늦지 않기를 바랄 뿐입니다."

"한일 문제에 대해서는 이쯤에서 마무리를 하시고 정말 궁금한 것이 하나 있는데, 여쭤도 될까요?"

"크! 그러려고 오늘 이런 자리를 만든 거 아닙니까."

"사실 피해 당사자이신데, 이와사키 카이토와 미쓰비시에 대한 재판 과정에 대해 어떻게 생각하십니까?"

"저도 그 결과가 정말 궁금합니다. 이 땅에 과연 정의라는 것이 존재하는지 증명할 좋은 이정표가 될 것이라고 봅니다."

"정의라고 말씀하셨습니까?"

"더 이상 어떤 증거가 필요하죠? 그가 나를 죽이려고 사주했다는 증거와 증언은 차고 넘칩니다. 그런데 지금 그가 어디에 있습니까?"

이와사키 카이토는 구속이 되었다가 지금은 질병을 핑계로 보석 상태로 재판을 받고 있었다.

그가 미쓰비시의 후계자가 아니라면 있을 수 없는 일이다. 정의가 바로 섰는지 충분한 바로미터가 될 터였다.

돈 없고 배경 없는 자는 그 어떤 수단을 동원해도 불가능한 상황이 일본에서는 버젓이 일어나고 있었던 것이다.

중요한 것은 그걸 묵인하고 일체 말을 하지 않는 이들이 적지 않다는 것이었다. 하지만 그게 바로 일본의 현 상황임을 재차 강조했다.

"썩은 환부를 도려내지 않고 건강할 수는 없습니다!"

"그래서 깨인 시민들이 일어날 때라고 생각합니다. 그동안 코어가 없어 지지부진했으나 이제 진보적이며 책임정치를 천명한 인본민주당이 앞장선다면 계몽운동이 들불처럼 일어날 것이라고 저는 믿습니다."

"그렇게만 된다면 저도 기꺼이 한 손 거들겠습니다."

"마지막으로 꼭 하고 싶은 말씀이 있으십니까?"

"전 일본이 재건되기를 바랍니다. 그 시작은 거창한 데 있지 않습니다. 틀린 것을 틀렸다고 외칠 수 있고 정의롭고 공정한 사회가 되도록 끝까지 지켜보고 목소리를 내는 겁니다. 자, 우리 모두 파이팅 합시다!"

너무 과하다고 생각했으나 그 반향은 뜨거웠다.

인본민주당을 중심으로 새로운 일본을 만들어 나가야 한다는 여론이 들끓기 시작한 반면, 역시 극우 세력들의 반발도 만만치 않았다.

2달 후에 치러질 참의원, 중의원 동시선거가 이제껏 볼 수 없던 뜨거운 관심을 받게 된 것만으로도 절반의 성공이었다.

소이치로는 사흘간 머물며 미쓰비시에 대한 활동은 거의 하질 않았다. 엄한 결과가 나오는 것도 나쁘지 않다고 봤기 때문이다.

그 대신 인본민주당의 초석을 닦을 수 있도록 여러 인물을 만나 설득하는 일에 매진했다. 일본의 미래를 진심으로 걱정하는 원로 정치인 몇 분을 모시는 데 성공했다. 그 결과 뜨고 있는 분위기에 안정감을 더하는 결실까지 추가하게 되었다.

* * *

"한국은 왜?"

"엄마 아버지 얼굴 뵌 지 오래된 것 같아서."

"집으로 돌아오신다고 하잖아. 굳이 왜 못 오게 하고 오빠가 들어가려는 건데?"

"한국에 볼일이 많아."

"자동차 때문이야?"

"그것도 중요하지만 그보다 훨씬 더 중요한 게 있지."

"나도 가고 싶은데……."

한국을 가지 않을 수 없었다.

또한 가토 회장과 나오미 여사가 일본으로 돌아오지 못하게 해야 한다. 객관적으로 볼 때, 팬데믹 상황에서 일본보다 한국이 훨씬 더 안전하다는 판단 때문이었다.

가장 우선적으로 해야 할 일은 역시 바이오와 관련 업무다. 이부용도 한국으로 건너오기로 했으며 몇몇 중소기업을 인수하거나 협력사로 포섭할 계획을 가지고 있었다.

폰타나도 함께 방한하는데, 상당한 의미가 함축되어 있

다. KAI와 KF-21 엔진에 대한 협상이 마무리되었고 보다 더 중요한 계약이 남아 있었다.

인도네시아가 빠진 공백을 메울 수 있는 비장의 카드를 쥐고 있기에 한국 정부와의 협의 일정도 잡아 놓은 상황이었다.

"전 일본이 이렇게 어리석은 나라인 줄 몰랐어요."

"태국인들은 그럴 수밖에 없지. 워낙 오랜 세월 일본의 동남아 전초기지였으니까. 하지만 최근에는 많이 변했잖아."

"그렇긴 해요. 일본 관광객은 거의 찾아볼 수가 없고 돈 벌려면 일본이 아닌 한국으로 가야 한다고 말하니까요. 근데 아직도 일본의 GDP는 엄청나지 않나요?"

"그게 다 몇몇 대기업과 가진 자들에게로 흘러 들어가니 문제지. 너도 봤잖아. 돌아다니는 차가 다 경차인 걸."

"그런 것 같아요. 사람들 표정이 너무 굳어 있어요. 행복한 느낌이 전혀 느껴지지 않는 것은 가난에 찌들어서겠죠?"

"절약이 몸에 배었다잖아. 나쁜 건 아니지만 그만큼 살림이 어렵다는 거지. 물가는 오르는데 실질소득은 20년 전과 다를 바가 없으니."

따능도 느낄 정도면 일본 사회는 정말 심각했다.

누구보다 본인들이 잘 알 텐데도 인정하지 않는다. 참으로 알 수 없는 족속이다. 그러나 소이치로의 인터뷰를 통해 현실을 직시하자는 의견이 널리 퍼지고 있다.

알려고 하면 얼마든지 쉽게 알 수 있는 정보화 시대에 살기 때문에 벽만 허물어지면 잠깐이라고 판단했다.

부담스럽지만 애써 눈총을 받으며 파격적인 언급을 했던 이유였다. 사실 일본이 망하든 말든 크게 상관이 없었는데, 어쩔 수 없는 정 많은 한국인이었던 것이다.

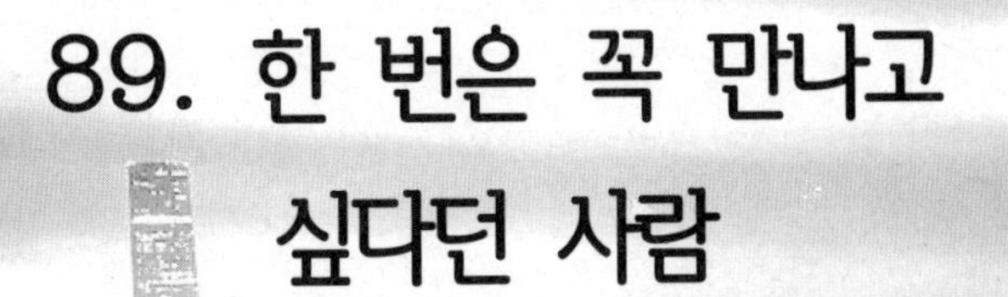

89. 한 번은 꼭 만나고 싶다던 사람

인생 2막,
섬나라 재벌로!

"일본이 망하면 한국도 좋을 게 없지. 어찌 됐든 고급 인력이 많고 양질의 소재 부품 공급처니까."

"두 나라의 입장이 완전히 역전된 거네요."

"그러니까 태국도 정신 바짝 차려야 해. 인도네시아, 베트남 등이 가파르게 떠오르고 이제 미얀마도 급성장을 할 기반을 마련했으니까."

"전 같이 다 잘사는 거 좋아요. 다만 미얀마, 라오스, 캄보디아는 괜찮지만 인도네시아와 베트남이 성장하는 것은 그다지 반갑지 않아요."

"그건 나도 그런데. 흐흐흐."

일본을 발칵 뒤집어 놓은 소 대표가 한국에 도착했다.

그런데 인천이나 김포공항이 아닌 원주공항에 착륙했다. 속초에 머무는 가토 회장 내외를 만나려면 양양공항이 적절한데, 나름의 이유가 있었다.

미리 대기해 둔 차량에 올라 고향으로 향했다. 오랜만에 온 김에 선산에 들러 부모님께 인사를 드리기 위해서였다.

또한 한국에 머물고 있는 아이들과 연락해 만나기로 했다. 그리움이 물씬 느껴져 1시간 남짓한 시간이 길게만 느껴졌다.

"아저씨!"

"이게 누구야! 어째 점점 더 예뻐지는 거지?"

"흐흐흥! 제가 엄마를 쏙 빼닮았잖아요."

"아빠가 아니고?"

"치! 물론 우리 아빠가 아주 잘 생기시긴 했죠. 아저씨처럼. 현우야, 뭐해? 인사 안 드리고."

"안녕하셨어요?"

"그래. 너도 좋은 소식 있다는 말 들었다."

선산에 오르기 전 막내 여동생 미희 집에 모였다.

그런데 미희 내외뿐만 아니라 미경 내외까지, 애들도 다 와 있었다. 그야말로 진정한 가족이 다 모인 셈이다.

어른들은 다들 비밀을 공유하고 있지만 현우와 소정이 사정을 모른다고 생각했기에 하고 싶은 말도 다 못하고 어정쩡한 인사를 주고받을 수밖에 없었다.

선산에 올랐는데, 이젠 사람이 다니지 않아 숲이 우거졌던 길이 정비되어 있었다. 미희 내외가 나름 정성을 쏟은 것 같아 격려했다.

“아니에요. 대표님. 이거 다 현우가 했어요.”

“어떻게?”

“지난주에 장비랑 사람까지 데려와서 직접 벌초도 하고……. 여하튼 참 기특한 녀석이죠?”

“근본을 잊지 않는 건 당연합니다. 그래도 장하고 고맙네. 수고했다. 박현우.”

“아버지가 안 계셔서 어쩔 수 없었습니다.”

“야! 박현우!”

소정이 동생을 나무랐다.

꼭 그렇게 말을 해야 하냐고!

하지만 똑똑한 현우는 상황 파악이 끝난 것 같았다. 소정을 빼고 어른들은 이미 다 비밀을 공유하고 있다는 것을.

그래도 티를 내지 않고 은근히 박상우의 무심함을 돌려 추궁했다. 할 말이 없는 것은 아니지만 대꾸하지 않았다.

그럴 자격이 있다는 생각이 들었기 때문이다.

이제 겨우 21살이 된 녀석이 자수성가를 했음은 물론 선산까지 생각하는 자세는 자신을 돌아보게 만들었다.

“벌초를 해 놔서 보기가 좋구나. 특히 손자를 잘 둔 네 조부모님은 아주 흐뭇하시겠어. 그런데 저 봉분은 뭐지?”

“…….”

아무도 대답을 해 주지 못했는데, 묘비를 보고 깜짝 놀랐다.

거기에 자신의 이름이 새겨져 있었기 때문이었다.

화장한 유골을 여동생들이 달마사에 모셨는데, 빙의해 이렇게 멀쩡히 살아 있다 보니 미처 챙길 생각을 못한 것이다.

그런데 현우도 그 진실을 알고 있다.

그래도 부친의 신주를 이곳에 모시는 것은 당연했다. 화장한 유골의 일부지만 박상우가 남긴 유일한 흔적이었다.

아까 미희가 다 못 한 얘기가 바로 이거였던 것 같았다.

“대표님. 간소하게 차례를 지내려고 해요.”

“네. 그리하세요. 저는 좀 피곤해서 쉬겠습니다.”

예를 올리는 것을 보며 소이치로는 자신의 묘 앞에 넋 놓고 앉았다. 만감이 교차하지 않을 수 없었던 것이다.

이건 마치 달라진 현실을 있는 그대로 보여 주는 것 같았다. 사랑하는 가족들이 눈앞에 있음에도 마치 남처럼 행동해야 하는 것이 못내 안타깝고 서글펐다.

이제라도 소정에게 밝히는 것이 어떨지 생각해 봤으나 차마 입이 떨어질 것 같지 않았다.

그런데 예를 마친 현우가 다가와 옆에 앉았다.

그리고는 뜬금없는 말을 던졌다.

"아저씨. 부탁이 있습니다."

"말해 봐."

"어차피 저기 계신 분의 아내는 한 사람뿐이잖아요."

"법적으로는 그렇지. 죽기 전에 이혼도 하지 못했으니까."

"그래서 말인데, 혹시……."

"아서라! 다른 건 몰라도 그건 내가 용납할 수 없어."

"그 정도입니까?"

"차마 너희들에게 밝힐 수 없어 말을 삼가고 있다만 너도 남자이니, 입장을 바꿔 생각해 보거라."

"엄마가 그저 바람만 피운 게 아니군요?"

"현우야. 알고 싶어도 그러지 않는 게 나아."

"네. 알겠습니다. 더 이상 부담 드리지 않겠습니다."

녀석은 하고 싶은 말이 더 있는 것 같았다.

예를 들면 왜 자기 여자조차 지키지 못했느냐고 추궁하려는 것 같았다. 그렇다면 할 말은 없다.

그러나 박상우는 최선을 다했다.

처자식과 행복하게 살고 싶어서 정말 열심히 일했다. 단지 애들 교육 때문에 기러기 아빠로 살겠다는 각오를 한 것이

유일한 실수이자 죄였다.

아이들이 대학을 가고 독립하면, 또 자신도 은퇴하면 늦게라도 다시 아내와 오순도순 살 수 있을 것이라고 생각했다.

하지만 불행히도 그런 행복은 허락되지 않았다.

"오빠. 차린 건 없지만 와서 좀 드세요. 현우, 너도."

미희의 외침에 다들 얼어붙었다.

친근한 말투도 이상했거니와 오빠라니?

미희 나이가 훨씬 많은데, 누가 봐도 이상했다. 하지만 돈 많으면 다 오빠라는 그녀의 말에 다들 크게 웃고 말았다.

다행히 분위기는 좋아졌고 소정과 현우는 고모 가족들의 따스한 관심에 흐뭇한 가족 모임이 되었다.

내려오는 길에 아이들과 이런저런 얘기를 나눴는데, 모든 수고와 고생이 다 씻겨 내려가는 편안함을 느꼈다.

어차피 시간이 좀 더 흐르면 소정에게도 밝힐 것이고 소중한 아이들에게도 유산을 남길 생각을 하니 기분도 좋았다.

* * *

"나라를 발칵 뒤집어 놓고 넌 팔자도 좋네?"

"걱정되세요?"

"아니. 우리 가문 역사상 이렇게 전국적인 관심을 받은 적이 또 있을까 싶은 생각을 하면 신이 나. 전화로는 부족해서 직접 가서 자랑을 좀 하고 싶은데, 왜 말리는 건데?"

"곧 위험한 질병이 돌 겁니다."

"전염병? 그걸 네가 어떻게 알아?"

"지금 저희 SSL 바이오에서 심혈을 기울여 대처하고 있습니다. 그리고 곧 실체가 드러날 겁니다."

"그럼 더 일본으로 가야지."

나오미 여사는 한국 생활을 그렇게 오래 해 보고도 아직 일본이 더 낫다고 생각하는 것 같았다.

고정관념은 역시 쉽게 바뀌지 않으며 위험하다면 더더욱 일본으로 가야겠다고 고집을 부렸다. 그런데 그건 가토 회장도 마찬가지였다.

어차피 전염병은 대처만 잘하면 되는 것이고 아들이 알아서 잘해 낼 것이라고 믿는다면서 귀국 의사를 밝혔다.

더 말리고 싶었으나 자신에게 편한 한국이 그들 내외에게는 타국이라는 것을 깨닫자 잔소리를 늘어놓기 시작했다.

"고만 좀 하지!"

"흐흐흐. 알았습니다. 만약 사태가 심각해지면 외국은 나갈 수 없을 텐데, 괜찮으시겠어요?"

"어디 묶여 있을 거라면 당연히 고향이 좋지. 그런데 그렇게 심각한 전염성 바이러스가 어떻게 발생하는 건데?"

"제가 파악한 바로는 유전자조작 연구 때문으로 보입니다. 획기적인 발견을 위해 건드리면 안 되는 영역까지 파헤친 대가를 치르는 게 아닌가 싶습니다."

"아! 무식한 중국 애들이지?"

대답은 하지 않고 씩 웃었다.

지금까지 파악한 바로는 그렇지만 나오미 여사가 민감한 사안은 끼어들지 않기를 바라서였다.

다음 날 나오미 여사 내외는 정말 일본으로 떠났고 소이치로는 예정된 일정을 소화하게 되었다.

일단 이부용과 만나 바이오 관련 업무부터 처리했다.

삼성이 바이오를 역점 사업으로 밀고 있는 요즘, 한국의 관련 사업은 예상보다 훨씬 폭넓게 진행되고 있었다.

문제는 세계적인 선도 기업들의 특허에 막혀 실질적인 성과는 의외로 대단하지 않다는 거다. 때문에 거대한 포부를 품고 시작했던 기업들이 대부분 어려움을 겪고 있었다.

"왜 우리 연구진들이 버거워하는지 이해가 됩니다."

"다행이네요."

"그래도 의약 전문기업들은 쌓아 온 역량이 있을 텐데, 그들과 비교하면 어떻습니까?"

"치! 우리가 뒤질 게 없죠. 어차피 우린 목표가 뚜렷하잖아요. 한 가지 연구에만 집중하기 때문에 훨씬 좋은 결과를 도출할 수 있을 것이라고 생각해요."

"그나저나 WHO는 언제쯤 공식 입장을 밝힌답니까?"

"지금 각국에서 의문을 제기하고 있어서 버틸 수 없을 거예요. 전 다음 주면 드디어 전쟁이 선포된다고 봐요."

아직 눈에 띄는 것이 없어 안타까웠으나 발표는 이르면 이를 수도 좋다는 생각에 엄지를 들어 보였다.

어쩌면 전 세계가 한마음 한뜻으로 지혜를 모아야 할지도 모를 일이다. 때문에 사적인 이익이나 국익 때문에 불필요한 희생자를 내지 않는 것이 중요했다.

실제로 한국의 질병관리본부는 SSL이 비밀리에 보낸 자료를 검토하고 즉각 비상 체제에 돌입하는 빠른 대처를 보였다.

SSL의 성과도 중요하지만 한국도 팬데믹 상황에서 분전할 가능성은 높았고 관련 분야 발전의 기회로 삼기를 바랐다.

"오늘 저녁에 식사 초대를 받았어요."

"누구?"

"보스가 한 번은 꼭 만나고 싶다던 사람이 제게 먼저 연락을 했더라고요."

"이재영 회장은 지금 구속된 상황 아닙니까?"

"가석방되었어요. 기가 막히지 않아요?"

"하아! 진보 정부도 결국 삼성을 감당하지 못하는 겁니까?"

"아직 재판 중이니까 섣부른 판단은 미뤄 주세요. 어떻게 할까요? 같이 간다고 전해도 되나요?"

"네. 할 말이 저도 많습니다."

실적이 나쁘지 않았다.

한국에는 전통을 자랑하는 제약회사들이 여럿 있었고 나름 역량을 쌓아 왔지만 과열된 경쟁으로 인해 경영 상태가 좋은 회사는 극소수에 불과했다.

그런 전문 회사들은 SSL이 지분 참여를 원하자 매우 적극적으로 반겼다. 그 덕에 예상보다 훨씬 좋은 결실을 거뒀다.

특히 SSL이 미처 챙기지 못한 연구 분야도 참여하게 되었고 준수한 생산 설비를 갖춘 바이오시밀러 회사도 인수함으로써 마침내 SSL 바이오코리아가 출범할 기반을 마련한 것이다.

SSL 간판을 단 회사를 한국에 세우는 것은 의미가 각별했다. 동남아를 기반으로 성장시킬 생각은 했으나 한국 진출은 감히 엄두를 내지 못했는데, 가슴이 뭉클했다.

"반갑습니다. 소이치로 대표."

"초대해 주셔서 감사합니다. 여러모로 바쁘실 텐데."

"흐흐. 그렇지는 않습니다. 머리가 아픈 일이 좀 있지만 다들 최선을 다해 도와주고 계셔서 송구할 뿐이죠."

"그렇군요. 삼성은 제가 오랫동안 주목했던 기업입니다. 세계 경영의 높은 기치 아래 항상 선도적이며 창조적인 역량을 발휘하는 걸 보면서 늘 배워야겠다는 생각을 했습니다."

"겸손하시기는! 전 오히려 SSL을 단기간에 세계적인 기업으로 일으킨 소이치로 대표의 혜안과 도전 정신에 크게 감탄했습니다. 이렇게 만날 수 있어 기쁩니다."

박상우는 불의의 사고로 사망하기까지 삼성맨이었다.

할아버지, 아버지에 이어 최고경영자에 오른 이재영 회장과의 만남은 참으로 많은 생각을 하게 만들었다.

이병철 회장은 멀찍이 본 적만 있고 이건희 회장과는 악수를 나눈 적이 있다. 공로표창을 받은 적이 있었기 때문이다.

그러나 이렇게 최고경영자와 사적인 자리에 마주 앉아 허심탄회한 대화를 나눌 수 있으리라고는 상상도 하지 못했다.

죽어라고 충성했고 적잖은 결과를 만들어 냈음에도 결국 불명예를 떠안고 진급도 하지 못한 채, 궂은 일만 하다가 타국에서 생을 마친 자신으로서는 감회가 남다를 수밖에 없었다.

"듣자 하니 바이오 사업에 크게 투자를 하셨다고요?"

"네. 회장님이 차세대 중점 사업으로 보고 있는 바이오 분야가 한국이 잘할 수 있는 사업이라는데 저도 공감합니다."

"일본도 만만치가 않지요. 예전 같진 않지만."

"네. 누차 경고를 해도 도대체 들어먹지를 않습니다."

"크크크. 보고 받아 알고 있습니다. 그 보고를 받고 매우 놀랐습니다. 저도 솔직히 일본의 몰락은 잘 믿기지가 않거든요. 하지만 소이치로 대표님의 발언을 꼼꼼하게 읽어 보고는 마침내 확신할 수 있었습니다."

삼성은 일본의 기술을 따라잡다가 결국 역전까지 이룬 집념의 기업이다. 다양한 분야에서 일본 기업들과 합작하며 때로는 친일 기업이라는 오명도 받았던 기업이다.

그러나 지금의 삼성은 별처럼 빛나던 일본 전자 회사들을 모두 아래로 두고 있다. 삼성이 독하게 마음먹고 죽이려 든다면 그 칼날 앞에 버틸 수 있는 기업이 있을지 의문일 정도다.

소니, 히타치, 파나소닉 등 삼성의 기술을 따라잡으려고 안간힘을 쓰지만 국가의 막대한 지원을 등에 업고도 번번이 실패하고 있다.

"좋은 게 있으면 같이 좀 나눕시다."

"저야말로 부탁드리고 싶습니다. 특히 반도체를 비롯한 전자 부문은 동남아에 기지를 둔 저희에게 기회를 주시면 서로가 상생할 수 있는 시너지효과를 거둘 수 있을 겁니다."

"아! 우리 삼성의 전략을 아시지 않습니까! 직접 하지 않으면 직성이 풀리지 않는. 그로 인해 불필요한 비용이 생기지만 고품질을 유지할 수 있는 비결이죠."

"철저한 생산 관리, 품질 관리만 보장한다면 그 불필요한 비용을 획기적으로 줄일 수 있다고 자신합니다. 무리하게 욕심 부리지 않고 철저히 신뢰에 기반해 동반 성장할 수 있다고 생각합니다."

굳이 삼성과 협력할 필요는 없다.

그러나 그와의 첫 만남에서 좋은 인연을 만들고 싶었다.

아무리 SSL 일렉트로닉스가 분전하고 있어도 삼성과 견주기에는 아직 달빛 아래 등불처럼 비교가 불가하다.

실제로 삼성을 비롯한 한국 대기업들은 상당 부문의 생산 라인을 OEM 방식으로 해결하고 있다. 기업마다 고유한 특성이 있지만 삼성은 여타 기업보다는 직영이 많은 편이다.

또한 품질에 대한 자세는 강박이 있는 게 아니냐는 의심이 들 정도로 치밀하다. 그게 삼성 공화국을 일군 기반일 것이다.

그러나 그로 인해 발생하는 비용에 대해 잘 알고 있는 소대표가 가차 없이 빈틈을 파고들었다. 반도체는 언감생심 욕심을 낼 수도 없지만 다양한 전자 제품은 태국이나 새로 조성 중인 미얀마 공단에서 생산할 자신이 있었다.

그런데 그의 입에서 돌연 엉뚱한 이야기가 튀어 나왔다.

"이채와 결혼하실 겁니까?"

"……."

"제 사촌누이라는 것을 모르지는 않죠?"

"네. 저희는 같이 살고 있습니다. 상처한 지 오래되지 않아 시간을 두고 있으나 여생을 함께하기로 약속했습니다."

"그러니까 내가 바로 소이치로 대표의 손위처남이 되는 거 아닙니까. 크하하하!"

이재영 회장은 굉장히 젊어 보인다.

하지만 박상우보다도 나이가 많다. 그래도 그에게 형이라는 느낌은 가질 수 없었고 사적인 친분도 기대하지 않았다.

만나면 나이부터 묻고 서열부터 정하는 한국인의 특성도 상상하지 못했는데, 의외였다.

따지고 보면 굉장히 가까운 친척이다.

부모 대에서 형제자매였으며 연이채의 모친이 전임 회장이 전권을 쥐는데 막역한 공헌을 했던 것도 사실이다.

다만 그 이후 서먹해진 것으로 아는데, 그의 입에서 '이채'라는 호칭이 나오는 순간, 그의 의중을 짚어 낼 수 있었다.

기꺼이 받지 않을 이유가 없었다.

"형님. 제가 이렇게 불러도 됩니까?"

"당연하지. 한 집안인데. 그간 다소 소원했지만 굳이 그 이유를 따질 필요는 없고 우리 이제 끈끈한 정으로 뭉치면 어떨까?"

"저는 대환영입니다. 다만 집사람이 어떻게 생각할지 염려가 좀 되긴 합니다."

"이 사람! 공처가로군. 크크크."

"이채가 처가 얘기는 가급적 피하는 것 같아 형님이 직접 나서서 화해할 수 있는 단초를 제공해 주시면 좋을 것 같습니다."

"그러지. 그게 뭐 어렵겠나."

이 회장은 호언장담했지만 그렇게 간단한 문제는 아니었다.

소원해진 관계에는 은원이 얽혀 있었다.

최선을 다해 지원했으나 그에 대한 보은은 기대에 미치지 못했던 것이다. 때문에 보다 정확한 정보를 얻을 때까지, 그리고 연이채의 진심을 확인할 때까지 굳이 불편하게 지낼 이유가 없었다.

그가 먼저 만남을 청했고 인연을 바랐다면 아쉬울 것은 없었다. 소 대표가 바라는 것이 있듯이 그 또한 바라는 것이 있을 테고 그게 서로에게 이득이라면 사양할 필요는 없다.

새로운 관계가 성립되자 그가 속내를 슬쩍 비쳤다.

"내가 듣기로 SSL 모터스가 대박 조짐이 보인다던데?"

"최고급 브랜드로 탈바꿈할 만반의 준비를 하고 있습니다."

"노블레스 이미지는 우리 삼성과도 잘 매치가 되지. 기존 내연기관 자동차 라인도 매우 긍정적이라는 평가가 있고 전기차에 대한 가능성도 상당하다는 소릴 들었는데, 사실인가?"

"네. 배터리 부문에서 획기적인 연구 성과가 있었습니다. 내년 서울 모터쇼에서 그 위용을 만방에 보일 예정입니다."

"그렇다면 내가 대대적인 투자와 협력을 약속할 테니까 우리 삼성과 손을 잡는 것은 어떨까?"

"르노는요?"

"우리의 기대를 전혀 충족시켜 주지 못하더군. 특히나 전기차 부문에서는 전혀 가능성이 보이질 않아."

진즉에 자동차 사업에 전력을 쏟아야 한다고 주장했던 박 상우다. 그로 인해 전임 회장에게 신임을 받은 적이 있다.

하지만 삼성은 결국 적극적인 투자보다는 합작으로 방향을 선회했고 르노의 차를 수입해 로고만 붙여 판매하고 있다.

반도체에 모든 역량을 쏟아 붓고 있는 와중에 현대가 주도하는 자동차 부문까지 도전하는 것은 무리라고 판단한 것이다.

그래도 르노의 이미지만으로는 불가능한 호성적을 기록하고 있는데, 그나마 미래 자동차 경쟁력이 형편없이 떨어져

일각에서는 삼성이 자동차를 포기한다는 말까지 나오고 있다.

그런데 그는 새로운 방향을 잡았던 것이다.

처남 매제라는 인연을 매개로.

닛산을 인수해 시장의 새로운 강자로 등장할 가능성이 농후한 SSL 모터스를 눈여겨봤던 것이다.

"긍정적으로 검토해 보겠습니다. 하지만 협력의 방향과 지분 관계는 보다 명확히 하는 것이 좋을 것 같은데, 형님의 솔직한 의견을 듣고 싶습니다."

"혹시 내 아버님의 광적인 취미가 무엇이었는지 아나?"

"네. 그분은 지독한 자동차 마니아셨죠. 포르쉐 40여 대, 페라리 16대, 벤츠 13대, 그 외에도 부가티, 벤틀리, 람보르기니를 비롯한 세계적인 명차들을 가지고 계신 것으로 압니다. 또한 국내 최고의 서킷을 만들고 거길 달리신 분이죠."

"오호! 다행이네, 다행이야."

그는 그렇게 말했다.

자신은 부친의 유지를 떠받들고 싶다고.

물론 그렇게 좋아하면서도 자동차 제조에 뛰어들어 고배를 마셨던 이건희 회장은 경쟁에 대한 두려움보다는 다 해먹으려고 한다는 세간의 시선이 부담스러웠을 가능성이 더 높다.

선택과 집중도 고려했을 테고.

그러나 그는 일찌감치 자동차가 여타의 전자 제품과 다르지 않을 시대가 도래할 것이라고 천명했었다. 그리고 전기차 시대가 열리면서 그의 선견지명은 현실화되고 있다.

배터리, 모터가 자동차의 핵심 기술이 되었고 전장부품의 비중이 커졌는데, 삼성은 그에 대한 대비를 하고 있었다.

"삼성이 가진 기술의 가치를 인정합니다. 특히 배터리, 전장부품의 양산 능력은 감히 따라올 상대가 없죠. 하지만 저희도 약간의 시행착오는 겪을 수 있으나 삼성이 보여 왔던 경영 방식을 누구보다 잘 이해하고 있으며 머잖은 날에 비슷한 수준까지 따라잡을 수 있다고 확신합니다."

"크크크. 좋아, 좋아! 그래서 말인데, 난 3대 주주면 만족할 수 있을 것 같아. 확인해 보니 이채가 1대 주주, 자네가 2대 주주더군. 그것까지 넘보면 안 되겠지. 또한 필요한 기술이 있다면 정당한 대가를 지불하고 사면 되는 거 아닌가?"

"그렇다면 저는 함께할 의향이 있습니다. 또한 한국 내 판매 라인은 전처럼 삼성의 로고를 붙여 판매해도 좋습니다."

"그거야 바로 그거!"

그는 꿩 먹고 알을 다 먹을 요량이었다.

일단 삼성자동차가 한국 내에 확보한 좋은 이미지와 점유율을 굳건하게 지키고 싶었고 더 나아가 SSL 모터스에 자신의 영향력을 심고 싶었던 것이다.

3대 주주에 삼성가의 인물이 둘이나 포함된다면 그 또한 삼성가의 기업이라 칭할 수 있다는 계산이 포함된 것 같았다.

부친도 실패한 자동차 제조 사업을 그저 수저 하나 얹음으로써 쟁취할 수 있으니 그 얼마나 만족스러운 결과인가!

하지만 그의 입장을 충분히 이해한 소이치로가 반대급부를 요구하지 않을 리 없었다.

"형님. 제게도 떡고물을 좀 주셔야죠."

"뭐 원하는 것이 있으면 말해 봐."

"삼성 SDI의 EV 배터리 세계 점유율 성장세가 가파른데, 그래도 아직 5위에 머물고 있지 않습니까?"

"성에 차지 않아. LG, CATL, 파나소닉, 그 빅 3과 비교하면 아직도 갈 길이 멀지. SSL이 전기차를 양산하기 시작하면 눈에 띄게 나아지겠군."

"그 정도로 만족할 수는 없죠. 우리랑 합쳐서 LG를 따라잡고 선두 그룹에 뛰어드셔야죠!"

"그렇게 자신이 있나?"

"우리 신제품의 성능을 확인한 몇몇 기업은 벌써 물밑 작업을 들어오고 있습니다. 거기에 품질의 삼성이 합세한다면 새로운 축을 형성할 수 있을 겁니다."

누가 뭐래도 삼성은 전자 부문 세계 1위 기업이다.

삼성전자 하나만 해도 일본 대기업 10개를 묶어 놓은 것보다 거대한 수익을 창출하고 있다. 반도체, 가전, 디스플레이, 휴대전화 등 다양한 사업을 진행하는 공룡 기업이기 때문이다.

그에 비하면 삼성 SDI의 영업이익은 삼성생명이나 삼성화재, 삼성물산은 물론 삼성전기보다도 뒤쳐져 있다.

미래가치를 따지면 중점적으로 키워야 할 사업이고 경쟁력도 갖췄으나 문제는 LG를 비롯한 경쟁 기업이 쉽사리 점유율을 뺏길 실력이 아니라는 점이었다.

"정말 자신이 있나?"

"관련 자료를 보내 드리겠습니다. 형님을 만나기 전까지 저도 협력은 생각해 본 적이 없습니다. 나름 충분한 경쟁력을 갖췄다고 자부하기 때문이죠. 하지만 우리가 함께한다면 시장의 판도를 아예 바꿀 수 있다는 판단이 섰습니다."

"일단 고려해 보지."

이재영 회장의 반응은 미지근했다.

그러자 지금까지 한 마디도 하지 않고 조용히 듣고만 있던 이부용이 나섰다. 이 회장을 설득하는 게 아니고 소 대표에게 좀 더 시간을 두고 검토해 보라는 의견을 낸 것이다.

이 회장으로서는 어이가 없었는데, 기분에 좌우할 게 아니고 실상을 따져 볼 필요가 있다고 판단했다.

배다른 여동생을 좋아하진 않지만 그녀의 탁월한 감각은 일찍이 인정하는 바였기에 주저하지 않고 질문을 던졌다.

"부용아. 너도 SDI 지분 있지 않아?"

"전 다 정리했어요."

"뭐라고? 왜?"

"따로 투자할 곳을 찾았기 때문이에요."

"그러니까 그게 어디냐고? 너 설마?"

"자세한 거는 밝히기 애매하지만 제가 SSL 모터스와 일렉트로닉스에 생각보다 많은 자금을 투입한 것은 맞아요. 그리고 오빠도 우리 보스의 제안을 그렇게 받으면 안 돼요."

"보스?"

"제가 SSL 임원인 것은 아시잖아요. 우린 그렇게 부르거든요. 백번 양보해서 삼성의 이미지와 생산 설비를 활용할 수 있지만 전 그러지 않아도 얼마든지 좋은 파트너를 구할 수 있다고 생각해요. 당장 LG만 해도 우리랑 손잡자고 하면 버선발로 달려올걸요!"

"이 이사님. 꼭 그렇지는 않습니다. 적어도 내년 상반기에 시제품이 나와야 상황이 변할 겁니다."

이 회장은 둘의 맞장구에 웃으면서도 흘려듣지는 않았다.

그렇다면 보다 긍정적인 대답을 해야 할 텐데 그러지도 않았다. 그의 신중함과 느긋한 태도는 가진 자의 여유로 보였다.

사실 SSL 일렉트로닉스는 삼성전자와 여러 부문에서 경쟁을 하고 있다. 프리미엄 시장을 선도하고 있는 삼성과는 아직 수요가 겹치지 않아 티가 나지 않지만 추후 난전이 예상된다.

때문에 손을 잡는 것이 껄끄러울 수도 있다.

하지만 이 회장이 먼저 인연을 언급하며 다가온 이상, 그와의 협력은 갈 길 바쁜 SSL에게 고속도로처럼 편하게 갈 수 있는 지름길을 안내한 셈이라고 판단했다.

"부용아. 네 보스도 나를 잘 활용하는 것이 이득이라는 판단 아래 내가 내민 손을 맞잡는 거야. 그렇지 않나? 매제."

"맞습니다. 정말 하고 싶은 일은 많은데 벌려 놓은 좌판이 너무 어지러워 든든한 우군을 등에 업으면 한결 편할 것 같습니다."

"그렇지! 자네 생각보다 훨씬 솔직한 사람이군."

"솔직해야 그 어떤 경우가 닥치더라도 오해가 없기 때문이죠. 말이 나온 김에 궁금한 것이 하나 있습니다."

"말해 봐."

"항공 사업에서는 완전히 손을 떼신 겁니까?"

"아! 무척 아쉬운 부문이지. 한화에 그렇게 쉽게 넘기는 게 아니었는데.”

방위 사업은 기본적으로 국방과학연구소가 주축이다.

하지만 소이치로가 관심 많은 항공 사업은 KAI와 한화가 관여하고 있다. 과거에는 삼성 테크윈을 통해 상당히 적극적으로 관여했는데, 시대의 흐름을 읽지 못해 처분하고 말았다.

한국의 방산 수출이 큰 획을 그을 것이라고 예측하지 못한 경영 실책이라고 볼 수 있다. 게다가 KF-21 사업이 가시적인 성과를 내는 가운데 T-50 고등훈련기와 FA-50 경공격기의 수출이 폭발하면서 한화는 그야말로 노가 나고 있었다.

“일부러 테크윈 얘기를 꺼낸 거죠?”

“아닙니다. 처분했어도 관련 기술을 남겨 놓지 않을까 싶었는데, 의외로 깔끔하게 넘겼네요.”

“전 그런 미스를 더는 하지 말라는 경고로 들었어요.”

“제 경고가 먹힐 사람이 아닙니다. 그런데 왜 사전에 언질을 주지 않았습니까?”

“저도 언니를 들먹일 줄은 몰랐거든요. 묻긴 하더라고요. 정말로 짝으로 생각하고 있는지.”

“그래서요.”

“보고 느낀 그대로 얘기해 줬죠.”

이재영 회장과의 만남은 예기치 못한 성과를 냈다.

SSL이 하늘 높은 줄 모르고 치솟고 있지만 그래도 삼성은 감히 상대하기 벅찬 거대한 장벽이다. 직접적인 경쟁 상대는 아니지만 적보다는 협력 파트너로 두는 것이 훨씬 낫다.

그보다 안성맞춤인 기업이 또 있나 싶을 정도로 가장 어울리는 파트너였다. SSL이 가진 한계는 전통과 역사가 부족하며 그 뿌리가 히타치에 있다는 인식이 남아 있는 점이었다.

그러나 자동차와 배터리를 중심으로 함께 움직인다면 잃는 것보다 얻을 것이 더 많다는 판단을 내렸다. 물론 영원한 동지는 없으며 결코 호락호락한 상대가 아니다.

하지만 누구보다 잘 알고 있기 때문에 얼마든지 상대할 자신이 있었던 것이다.

* * *

“그렇게 당하고도 아직도 미국 군수업체에 대한 미련이 남아 있습니까?”

“이보세요. 소이치로 대표. 우리로서는 미국의 눈치를 보지 않을 수 없다는 거 모릅니까? 일본인이라면 그에 대해 굳이 길게 설명할 게 없다고 보는데.”

“이래서 낙하산 인사라는 말을 듣는 겁니다. 이게 당신 지분이 절대적인 사기업이라면 그런 어쭙잖은 말을 할 수는 없을 겁니다. 이미 완료된 협상에 대해서도 이러쿵저러쿵 사족을 다는 분과는 더 이상 할 얘기가 없군요."

KAI를 방문했다.

KF-21 제작을 책임지고 있는 주체와 협약 조인을 마무리하기 위해서였다. 이미 SSL과 함께 제작한 엔진의 시험도 끝마쳤고 협상도 결론을 지었다.

그런데 사인만 남은 시점에 만난 사장이 엉뚱한 소릴 해 대는 통에 결국 폭발하고 말았다. 국산화 비율이 아무리 높아도 엔진을 수입하면 미국의 어림없는 간섭을 회피하기 힘들다.

이미 지겨울 정도로 겪어 봤을 텐데, SSL도 똑같은 외국 기업이 아니냐는 답답한 소릴 해 댔다.

인생 2막,
섬나라 재벌로!

종장. 백수가 체질

인생 2막,
섬나라 재벌로!

“아무리 화가 나셨어도 말씀이 너무 과하셨어요.”

“그럴 만했습니다. 그는 그냥 사인할 생각이 없더군요.”

“그게 무슨 말입니까?”

“방산 계약의 비정상적인 관례를 바라는 것 같았습니다.”

“뭐라고요? 물에 빠진 사람을 구해 줬더니 보따리를 내놓으라는 겁니까? 이런!”

물론 리베이트를 원한다는 것은 증거가 없는 발언이다.

하지만 소이치로는 그의 속내를 정확히 읽었고 그 외에도 미국 측의 로비를 받았다는 사실을 확인해 기분이 엿 같았다.

폰타나와 함께 회의에 참석한 공 팀장은 관련 업계 출신이기에 사정을 잘 알면서도 불같이 화를 냈다. 늘 당했던 입장이던 한국이 이제 그런 짓을 하는 것을 참기 어려웠던 듯.

온 국민이 성공을 기원하는 국책 사업이건만 참으로 답답했다. 수많은 연구진과 담당자들이 바쁜 일정을 쪼개 밤낮 없이 고생하며 이끌어 온 사업이다.

“끝내 개발에 실패한 문제점을 해결할 솔루션을 가져왔다면 떡을 준비해도 시원찮은데, 아주 몹쓸 인간이네요.”

“연구진의 수고와 노력을 안다면 그럴 수 없죠. 그래도 밀어붙였어야 한다고 생각하는 사람들이 있을지 모르지만 난 도저히 용납할 수 없었습니다.”

“그건 저도 마찬가지입니다. 절대 받아들일 수가 없죠. 그나저나 다 된 밥에 재를 뿌린 그자를 어쩌죠?”

“응분의 대가를 치를 겁니다. 가까운 시일 내에.”

저런 중책을 맡을 자가 아니라고 확신했다.

그래서 보다 적극적으로 나서기로 결심했다. 마침 다음 날 정부 고위 관리와 만남이 잡혀 있던 터라 이 상황에 보다 근본적인 접근이 가능했다.

그런데 협의에 나오기로 했던 인사 이외에 의외의 인물

이 등장했다. 국가안전보장회의 사무처장이자 청와대 국가안보실 1처장이 나타난 것이다.

그 위로 국가안보실장이 있지만 안보전략, 국방개혁, 사이버 정보, 그리고 방위산업을 총괄하는 대통령의 손발이었다.

"NSC 사무처장 서형준입니다."

"국방부와 외교부의 실무자가 나올 줄 알았는데, 무척 반갑습니다."

"저도 말로만 듣던 SSL Defense Industry Company 대표님을 꼭 한 번 만나고 싶었습니다."

"저희 DIC에 대해서도 아시는군요?"

"물론이죠. 대통령님도 큰 관심을 가지고 계십니다."

"어째서죠?"

"저희 정보력을 가볍게 생각하시면 안 됩니다. 대표님이 태국 정부는 물론 미얀마 정부와도 아주 밀접한 관계를 유지하고 있으며 실질적인 영향력도 상당하다는 것을 압니다."

문득 일본 정부는 그런 사실을 파악하고 있을지 궁금했다.

파악하고 있다면 어떻게든 활용하려고 들 텐데, 그런 조짐이 전혀 없는 걸 보면 역시 정보 분야도 뒤쳐진 게 분명했다.

하지만 한국 정부는 대통령까지 보고가 올라간 상황이라는 말을 듣고 적잖이 놀랐다. 또한 이건 기회라는 생각도 들었다.

SSL DIC가 방산 기업으로 발돋움하고는 있으나 이미 방산 수출 대국으로 접어든 한국이 신경을 쓸 정도는 아니다.

그렇다면 주목한 이유는 신남방정책과 관련해 아세안 국가와의 경제 협력을 감안했을 가능성이 높다. 물론 소이치로는 기꺼이 협조할 용의가 있었다.

그가 꺼낸 첫 번째 화제부터 마음에 쏙 들었다.

"어제 KAI와의 조인식이 미뤄진 것을 아쉬워하셨습니다."

"VIP께서 그걸 다 알고 계신단 말입니까?"

"네. 늘 다양한 분야에 관심을 쏟으시지만 이번 SSL DIC와의 제트엔진 협력은 저희 전투기 사업에 매우 중요한 분기점이 될 것이라고 생각하고 계십니다."

"혹시……. 왜 협상이 결렬되었는지도 아십니까?"

"사장에게 보고를 받으셨는데, 여전히 납득이 되지 않으신다고 제게 직접 만나 보라고 하셨습니다."

국가안보실에 안보실장 이하 차장은 단 2명뿐이다.

국가 간의 중요한 의제에 대해서만 나서는 실세이며 고위 직책인데, 왜 이곳까지 나왔나 의문이었다.

그런데 그를 보낸 사람이 VIP라니, 감동스러웠다.

“협상 주체가 마음에 들지 않았습니다.”

“그게 무슨 말씀이시죠?”

“F414 엔진을 공급하기로 한 제너럴 일렉트릭(GE)과 끈끈한 유대를 이어오고 있다는 정보가 있습니다.”

“확인된 정보입니까?”

“확인은 한국 정보기관이 측에서 해야죠. 확인 후에 다시 협의하기로 하고 오늘 논의하고자 했던 이야기부터 하시죠.”

“그 또한 저와 의논하시면 됩니다.”

“잘됐습니다. 협상 전에 한 가지만 확실하게 하고 가죠. 제 국적이 이번 사업과 하등 관련이 없음을 밝힙니다.”

그건 의외로 중요한 언급이었다.

소이치로는 일본인이며 명문가의 자제다.

때문에 선입견을 가질 수 있으며 그게 영향을 미치지 않기를 바라기에 미리 짚고 넘어간 것이다.

그런데 서 차장은 곧바로 고개를 끄덕였다.

이미 관련된 결론을 내렸다는 느낌마저 들었다. 극우가 판을 치는 일본에서 친한 발언과 진보정당까지 지원하는 마당에 소이치로를 신뢰하지 못한다면 일본과의 관계는 단절될 수밖에 없는 것이다.

"태국과 인도네시아의 관계에 대해 이해는 합니다만 워낙 몫이 커서 태국 혼자 감당하기에는 무리가 있어 보이네요."

"그렇다면 제가 안보연대를 추진해 보겠습니다."

"안보연대라니요?"

"태국을 중심으로 미얀마, 캄보디아, 라오스로 이어지는 반 중국 안보동맹을 의미하는 겁니다."

"그게 될 수 있습니까?"

"서로 죽고 죽였던 원수의 나라지만 공동의 번영을 위해서는 중국의 일대일로부터 막아야 합니다. 태국은 아직 거뜬하지만 라오스, 캄보디아는 매우 심각하며 미얀마도 중국과의 국경선이 길어 상당한 부담을 지니고 있죠. 때문에 공공의 적 앞에 힘을 합하는 것은 시대적 요구라고 볼 수 있습니다."

"거기에 우리나라가 기여할 수 있다면 그 또한 매우 바람직한 것 같습니다. 대표님 의견은 어떻습니까?"

"좋죠! 신남방정책의 실효성을 더욱 높일 수 있는 계기가 될 겁니다. 꿩 먹고 알도 먹을 수 있는."

서 차장은 매우 기뻐했다.

그보다 좋은 결론은 없을 것 같았기 때문이다.

물론 안보연대에 SSL의 몫을 인정해 줘야 할 테지만 중국을 앞뒤로 압박할 수 있다면 한국은 물론 인도차이나반도의 개발도상국들도 숨통이 트일 것이다.

뒤가 찜찜해 불합리한 압박도 조심스러울 수밖에 없으며 한국으로서는 후방에 동맹국을 둠으로써 지정학적 약점을 극복하면서 아시아 역내의 영향력을 높일 계기가 될 것이다.

"VIP와의 면담 일정을 잡아 보겠습니다."

"그러실 필요 없습니다. 제가 요즘 부쩍 신경 쓰이는 일이 있어서 일단은 윤곽부터 잡고 실무선에서 진행시켜 보죠."

"네. 제가 아는 한, 이 구상은 무조건 승인하실 겁니다. 또한 KAI에 대해서도 면밀히 조사하고 필요한 조치를 취하겠습니다."

"좋습니다. 만나서 반가웠습니다."

서 차장은 할 말이 많은 것 같았다.

하지만 이부용에게서 연락이 왔는데, 긴급 상황이라고 해서 일단 서둘러 자리를 마무리 지었다.

본인이 생각해 봐도 더 이상 좋은 그림은 없었다.

한국은 동맹국을 얻음은 물론 방산 수출 기반을 닦는다

는 점에서도 매우 유익한 구상이었다.

사업과 관련해 타국 내정에도 간섭했던 소이치로는 그때와는 또 다른 뿌듯한 감정이 밀려왔다.

"보스. 티라뎃 총리와는 얘기가 된 거죠?"

"얼마나 보채는지 부담스러울 정도입니다. 폰타나, 한국에 남아서 KAI와의 재협상을 주도하세요. 제가 큰 맥락은 잡아 드리겠습니다."

"보스가 직접 하시는 게 좋지 않을까요?"

"전 따로 할 일이 있어서 그럽니다. 그리고 방위 사업은 애초에 폰타나가 맡기로 했던 거 아닙니까. 자신감을 가지고 당당하게 대응하십시오."

* * *

드디어 WHO의 공식 발표가 터졌다.

국제적 공중 보건 비상사태를 선포했고 코로나 바이러스 감염증-19의 위험도를 '매우 높음'으로 규정하였다.

이미 중국을 넘어 전 세계로 퍼지기 시작해 일부 지역을 제외한 대부분의 국가와 대륙에 확산되며 많은 감염자와 사망자를 기록하고 있다는 발표에 전 세계는 충격에 휩싸였다.

하지만 각국의 대처는 천차만별이었다.

전염병을 우습게보고 책임 소재만 따지는 일부 선진국들의 무지한 대처는 실로 가관이었다.

"얼마든지 잡을 수 있다고 보는 거죠."

"교만이 화를 부를 텐데 큰일이군요."

"그에 반해 아예 국경 봉쇄 조치를 하는 나라도 생겨나고 있어요. 의료 대응에 자신이 없는 국가들이죠."

"한국은 어떻습니까?"

"정부가 나서서 진단키트 제조를 적극 지원하고 있는데, 결과는 두고 봐야겠지만 흥미로운 점은 질병관리청이 직접 나서서 일사불란한 방역을 지휘하고 있다는 거예요."

"방역. 드디어 전쟁이 시작된 거군요."

발병 2개월이 지난 뒤, 한국에서도 첫 감염자가 발견되었으며 급속한 전파가 진행되고 있는 사이에 태국에서도 대규모 확진이 발생했다.

하지만 중국을 오가는 항공기의 기내 소독을 강화하거나 공공장소에 손소독제를 비치하는 수준 이외에 별다른 정부 차원의 방역은 나타나질 않았다.

연이은 쿠데타와 신종플루 위기, 서브프라임 경제위기를 겪으며 바트화 상승으로 최근 관광객이 베트남으로 발길을 돌리면서 주된 수입원인 관광산업이 계속 하락한 탓이다.

"겨우 중국 관광객 잡으려고 그런 한심한 태도를 보이다니. 실리완, 총리 공관에 들어가 사태의 심각성을 주지시키세요."

"뭐라도 들고 가는 게 좋지 않을까요?"

"신형 마스크와 소독제를 기부하도록 합시다."

"지금 물량이 딸릴 텐데요?"

"그래도 안전을 위해서는 어쩔 수 없습니다. 우선적으로 지원하라고 지시하십시오. 물량은 상징적인 의미로 1억 바트."

"1억 바트(35억 원)요?"

"네. SSL이 국가 위기 상황에 적극적으로 기여하고 있음을 알릴 필요가 있습니다. 그래야 직원들의 입출국 혜택을 볼 수 있을 겁니다."

급기야 WHO가 코비드19의 팬데믹을 선언했다.

의료 기반이 취약한 동남아 국가들은 대부분 국경을 아예 봉쇄할 수밖에 없었고 그로 인해 정상적인 기업 활동에 장애가 발생하게 되었다.

하지만 미리 준비한 터라 SSL의 상황은 그나마 나았다. 그럼에도 불구하고 우선적으로 필요한 진단키트마저 제때 개발하지 못하면서 소이치로는 크게 실망했다.

코로나 확진이 넘쳐 나는 미국의 경우, 초기에 질병통제

예방센터가 진단키트를 개발해 식품의약국의 승인을 거쳐 보급했는데, 결함이 발견되면서 전량 수거와 폐기 조치가 이뤄졌다.

결국 코로나19 진단이 늦어져 감염이 더 빠르게 확산되고 있었다.

"보스. 한국이 먼저 해냈어요."

"우리가 먼저 승인 절차에 들어가지 않았습니까?"

"네. 하지만 한국은 관련 법령부터 정비해 '긴급사용승인 제도'를 시행했고 2월 한 달간 진단키트 긴급사용승인 신청을 받았는데, 무려 42개 업체에서 64건을 신청했다고 해요."

"그게 말이 됩니까?"

"물론 신중하게 검토했는지 허가는 5곳만 떨어졌어요."

"정말 대단하네요. 하지만 칭찬만 하고 있을 때는 아니죠. 아무래도 제가 총리를 만나 봐야겠습니다."

한국이 믿기지 않을 정도로 빠르게 진단키트를 생산할 수 있었던 이유는 2015년 메르스 사태를 겪었기 때문이었다.

중동 이외 국가에서 확산한 국가는 한국이 유일했고, 당시 정부는 의료기기법 시행규칙을 개정해 감염병 위기 시에 체외진단 검사 제품을 허용한 덕분에 다수 업체들이 코로나 바이러스 진단키트를 개발할 여력을 갖췄던 것이었다.

SSL 바이오 연구진의 능력이나 열의가 부족해서가 아니다. 한국 업체들보다 빨리 개발했으나 승인 절차가 늦어져 결국 상용화에 늦어지게 된 셈이었다.

그래서 곧바로 총리를 면담했고 긍정적인 답변을 받아냈다.

"그러게 미리미리 생산해 놓으라고 하지 않았습니까!"

"죄송합니다. 그때는 이런 상황까지 예상하지 못해 쌓이는 재고를 보니 가슴이 답답해서……."

"답답한 것은 접니다. 방 사장님, 그래도 아직 기회는 넉넉하니까 직원을 확충하고 밤낮없이 생산에 박차를 가하십시오. 물론 시간 외 수당은 확실하게 지불해야 합니다."

"보스. 그냥 설비를 확 늘리는 것은 어떨까요?"

"언제까지 수요가 넘쳐 나지는 않을 겁니다. 당장은 마스크 한 장이라도 더 사려고 난리지만 곧 공급이 수요를 메울 겁니다. 돈이 되면 어떻게 하는지 아시지 않습니까!"

실제 SSL 바이오는 지금 대박이 터지고 있었다.

남의 불행에 편승해 이득을 취하는 것이 찜찜해 최대한 자제시키고 있음에도 사전에 준비한 노력의 대가는 확실했다.

호흡기 관련 의료기기, 소독제를 포함한 방역 물품은 이미 공장을 풀로 돌려도 만들기 무섭게 팔려 나가고 있었다.

한국을 제외한 국가 중에 가장 방역에 성공한 나라로 태국이 꼽히는 것도 소이치로의 배려로 태국 내 공급을 우선시했기 때문이었다.

"미국 CDC로부터 연락이 왔어요."

"역시 정보가 빠르군요. 우리 진단키트가 양산에 돌입한 걸 어떻게 알고."

"정말 안 팔 건가요?"

"네. 미국, 영국을 비롯한 국가들은 역량도 갖췄고 한국 진단키트를 수입할 돈도 있으며 파워도 있습니다. 때문에 난 내가 우선적으로 지원하고 싶은 국가들부터 공급한 후에 여력을 보면서 협상할 생각입니다."

한국의 진단키트 개발 소식은 이미 전 세계를 강타했다.

WHO가 팬데믹을 선언하기도 전에 가장 정확하기로 평가받는 실시간 유전자 증폭검사 방식의 제품을 출하했다.

당연히 한국 내 수요부터 채웠고 그로 인해 국경 봉쇄를 하지 않았음에도 코비드19 확산을 저지하는 성과를 냈다.

한국인들의 자발적인 방역 참여와 합리적인 통제, 관리가 주효했으며 진단키트까지 마련되었으니 당연한 귀결이었다.

성능이 검증되자 확산이 폭발하고 있는 주요 선진국들은 한국 진단키트 수입에 목을 매는 상황이 빚어지기에 이르렀다.

미국의 한 주지사는 한국 진단키트 수입에 성공함으로써 주민들의 열렬한 지지를 받을 정도로 상종가를 쳤다.

"저희 SSL 바이오는 태국, 미얀마, 캄보디아에 방역 물품과 최신 진단키트를 우선 제공할 것이며 아세안 국가로 점차 넓혀 나갈 것입니다. 또한 여력이 생긴다면 상대적으로 전염병에 취약한 아프리카와 남미에 지원을 할 예정입니다."

- 고국인 일본도 전염이 심각하다고 하는데, 우선 지원할 의향이 없으십니까?

"일본은 정부가 나서서 스스로 잘해낼 것이라고 떵떵거리고 있기 때문에 우선 지원할 의향이 없습니다. 다만 저희 SSL 바이오 저팬에서 생산을 시작했으니 그 물량은 준비가 되는 대로 풀릴 예정입니다."

팬데믹 상황에서 매우 공교로운 상황이 펼쳐지고 있었다.

그 정도 전염병은 얼마든지 잡을 수 있을 것이라고 자신했던 유럽과 미국이 초토화되었으며 아무런 대비도 하지 못한 일본도 덩달아 큰소리를 치고 있었다.

그러나 누구나 인정하는 방역 선진국이 있었다.

가장 먼저 신속진단키트를 개발했으며 매우 품질이 뛰어난 마스크와 방역 물품을 생산한 대한민국이 바로 그 주인공이었다.

세계 각국 정상들이 앞다퉈 한국 정부에 지원을 호소하고 있었고 보란 듯이 봉쇄 없이도 코비드를 통제하면서 진정한 선진국이라는 칭송을 받았다.

그러나 한국 못지않게 주목을 받는 나라가 하나 더 있었으니, 바로 태국이었다. SSL 바이오가 본사를 두고 있는.

그러나 추후 상황은 만만치 않았다.

"미국과 영국에서 백신 임상 3상에 돌입했다고 해요."

"예상보다 빨라 다행입니다."

"죄송해요. 우리도 개발에 성공했어야 하는데……."

"바이오 사업을 너무 쉽게 봤던 제 불찰입니다. 하지만 가능성을 확인했으니 이제 열심히 따라 가면 됩니다. mRNA 방식과 DNA 방식이 다 유효하다는 것도 증명되었으니 우리도 전혀 엉뚱한 방향으로 가고 있었던 것은 아니네요. 하하하!"

책임자인 이부용은 고개를 들 수 없었다.

사전에 정보를 알고 있었음에도, 그래서 온갖 수단을 동원해 매진했음에도 진단키트는 겨우 시기를 엇비슷하게 맞췄지만 백신은 시기를 놓친 것이다.

그야말로 바이러스가 창궐한 지금, 백신의 확보는 그 어떤 가치보다 중요해질 것이다. 때문에 반드시 먼저 결과를 내고 싶었으나 기대에 부응하지 못한 것이다.

“실력이 부족해서가 아니라는 거 압니다. 진단키트로 빅히트를 쳤던 한국도 아직 소식이 없는 걸 보면 특허를 피해 연구하는 것이 얼마나 어려운지 가늠이 됩니다.”

“맞아요. 쉽고 빠른 길을 가지 못하고 빙 둘러 갈 수밖에 없어서 답답할 때가 한두 번이 아니었어요.”

“그래도 이제 후보 물질을 확보하고 임상에 돌입했으니 전 긍정적이라고 봅니다.”

“문제는 돈이죠. 임상 단계를 거칠 때마다 천문학적인 돈이 들 텐데, 정말 국가 지원을 하나도 받지 않으시려고요?”

“미얀마나 캄보디아는 여력이 없고 태국은 그나마 선계약 형태로 자금을 수혈 받을 겁니다. 그리고 코백스 퍼실리티(COVAX facility) 자금은 기꺼이 받을 겁니다.”

“보스!”

이부용이 안타까워하는 이유는 진단키트 판매에서 보였던 태도를 추후에도 유지하겠다는 의향을 비쳤기 때문이었다.

SSL이 만든 진단키트는 정확성은 물론 편의성이 높아 한국 제품에 비해서도 뒤처지지 않았다. 하지만 소이치로는 공언했듯이 아세안 국가들 위주로 공급했다.

그것도 아주 저렴한 가격이었고 일부 마지못해 공급한 잘사는 나라인 싱가포르에 팔 때는 무려 3배나 받았다. 그래도 불만이 없었던 이유는 한국산과 비슷한 가격이었기 때문이다.

구하지 못해 난리가 난 지경이었기에 비싸게 팔고도 감사하다는 말을 들었다. 천문학적인 돈을 긁어모을 수 있는 판이며 여타 기업들도 그렇게 하고 있는데, 이미 방역 물품 판매로 떼돈을 벌고 있다며 고가 정책을 절대 허용하지 않았다.

"노벨상이라도 받으시려는 건가요?"

"하하! 돈보다 더 큰 것을 얻을 수 있을 겁니다."

그 말에 이부용은 할 말을 잃었다.

틀린 말이 아니었다. SSL로부터 진단키트를 비롯한 방역 물품을 지원받은 국가들은 SSL을 최고의 브랜드로 꼽는 것을 주저하지 않았다.

때문에 팬데믹으로 모든 사업들이 지지부진한 가운데서도 SSL 제품들은 불티나게 팔리고 있었던 것이다.

그래도 공격적인 경영은 불가했으나 이 위기를 무사히 넘기면 SSL의 위상이 어떨지는 감히 상상하기도 힘들었다.

정말 돈보다 큰 것을 얻고 있었다.

"변이 바이러스의 기세가 만만치 않아요. 지금 이대로라면 바이러스와 함께 사는 미래를 대비해야 한다는 말이 심심찮게 흘러나오고 있어요."

"국가이기주의 때문입니다. 지들만 백신을 맞으면 된다고 생각하는 어리석은 이들이 백신의 공평한 분배를 막는 것이 문제입니다."

"그것도 사실이지만 문제는 과연 극복할 수 있느냐는 거죠. 이 지긋지긋한 팬데믹을 벗어날 수 없다면 인류가 그동안 이룬 문명이 퇴보할 수도 있지 않을까요?"

"음……. 갑시다."

"어디를요?"

"연구소요. 이 이사님도 아시죠? 제게 코로나 바이러스도 물리칠 수 있는 아주 특별한 능력이 있다는 거."

"설마……."

소이치로는 진즉에 연구에 참여하고 싶었다.

직접 자신의 특별한 능력이 어떤 방식으로 바이러스를

퇴치하는지 자발적인 연구의 대상이 되고 싶었다.

하지만 누구 하나 빼지 않고 결사반대했다.

왜냐면 소이치로는 이들 모두의 희망이자 마지막 버팀목이었기 때문이다. 혹시 실험에 참여했다가 문제가 생기면 그건 돌이킬 수 없다고들 생각한 것이다.

그러나 백신마저 돌파되고 있는 지금, 그래서 인류의 미래가 불투명하다는 진단까지 나오는 마당에 더는 미룰 수 없었다.

* * *

마침내 한국산 백신이 개발되었다.

변이 바이러스로 인해 여전히 백신 이기주의가 팽배한 가운데, 반전의 시발점이 되리라는 기대에 부응하기 시작했다.

안 그래도 미국, 독일, 영국 등에서 개발해 검증된 백신들이 한국을 허브로 생산되던 차였기에 생산 여력이 있을지 의문이었다.

하지만 한국은 놀라웠다. 임상 결과가 나오고 승인을 받자마자 곧바로 매달 수억 도스가 생산되기 시작한 것이다.

이때를 대비해 정부 주도하에 꼼꼼하게 준비한 결실이

나타나면서 비교 불가한 백신 종주국이라는 찬사까지 받았다.

그리고 SSL도 드디어 두 종류의 백신 개발에 성공했다.

"우리 백신이 묻힐 것 같아요."

"효능이 거의 엇비슷하다면서요. 어차피 시간이 흐르면 증명이 될 겁니다. 한국도 대단하지만 우리도 이때를 대비해 준비해 둔 설비가 있지 않습니까!"

"그렇죠. 어마어마하죠. 벌써 아세안 국가들이 줄을 서고 있어요. 어떻게 하실 거예요?"

"정당한 대가를 받아야죠."

"정말이죠?"

"네, 투 웨이로 갑시다. 일단 DNA 백신은 1도스 단가를 5달러로 잡고 저개발 국가에 공급할 겁니다. 하지만 mRNA 백신은 화이자보다 1달러 더 비싸게 받을 겁니다."

"와우! 멋지세요!"

물 백신이라는 중국산 시노백 1회분이 72.5달러였다.

태국도 다급한 나머지 중국산 백신을 대거 들여와 접종을 했는데, 어마어마한 돈을 쓰고도 효과가 미미하고 중국산에 대한 불신마저 높아 반정부 시위까지 성화였다.

때문에 5달러에 효능이 높은 백신을 공급하게 되면 그야말로 게임 체인저가 될 게 분명했다. 게다가 돈이 없는 국가의 경우는 협상을 통해 우선 공급하는 외상까지 해 주기로 했다.

하지만 자체 분석 결과 효능의 차이가 없는 mRNA 백신은 최고의 백신으로 알려진 화이자보다 비싸게 받음으로써 품질에 대한 자신감을 피력하기로 했다.

“일본부터 팔자고.”

“어떤 거요?”

“당연히 mRNA 백신이지. 최악의 상황에 도달했기 때문에 물불을 가리지 않을 거야.”

그동안 적잖은 욕을 들어야 했다.

일본인이면서 어떻게 그리도 냉정하게 대처하느냐면서 볼멘소리가 터졌다. 하지만 그나마 일본이 버티고 있는 것도 사실은 SSL 바이오 저팬이 공급을 했기 때문이었다.

지들은 선택받은 민족이라는 헛소리를 해 대며 검사조차 제대로 하지 않다가 감염 폭발이 일어났을 때, 소이치로가 직접 일본 정부와 담판을 지었다.

진단 물량은 부족함 없이 대줄 테니 장난치지 말고 원하는 모든 사람이 검사를 받을 수 있게 허용하자는 제안이었다.

공개적으로 밝혔기에 정부도 동의하지 않을 수 없었다. 그리고 그동안 감춰 왔던 진실이 수면 위로 떠올랐다.

하루 수만 명의 확진자들이 쏟아지기 시작한 것이다. 일본 사회는 충격에 휩싸였고 공포에 젖어 집밖을 나오질 않았다.

그러니 화이자보다 비싼 SSL 백신II를 살 수밖에 없었다.

"드디어 빛이 보이기 시작했어요!"

"집단 면역이 이뤄지고 있는 건가?"

"네. 하지만 여전히 치명률이 높은 게 문제입니다. 변이 바이러스가 끊임없이 발생하는 걸 보면 결국 치료제가 필요하다는 결론에 도달할 수밖에 없습니다."

"그럼 이제야 진정한 주인공이 될 수 있겠군!"

"그게 무슨 말씀이세요?"

최초 발병 후 무려 2년 반의 세월이 흘러갔다.

그동안 전 세계 인구의 3.8%인 3억 명의 감염자가 나왔고 잠정 치사율이 2.1%로 630만 명이 사망했다.

국가 지도자들을 포함해 수많은 유명인이 감염되거나 사망했으며 정치, 경제, 교육, 문화, 스포츠, 군사, 외교, 종교 등 영향을 받지 않은 곳이 없다.

집단 면역의 증거들이 속속 나타나고 있지만 가장 효능이 좋은 것으로 평가를 받는 SSL 백신도 돌파하는 변이가 발생했고 또다시 상응하는 효과를 추가한 백신도 등장했다.

하지만 질긴 고리는 좀처럼 끊어지질 않았다.

[SSL 코비드19 치료제 개발 성공!]

[임상 결과 코로나 변이 바이러스는 물론 여타 바이러스까지 퇴치! 바이러스 관련 만병통치약이라는 찬사가 터지다!]

[생산량 한계가 뚜렷해 생명이 위독한 중증 환자에게만 투약 가능!]

[인류를 구원할 신약을 개발한 SSL 바이오, 백신 기술 전격 공개 결정! 진정한 집단 면역의 길을 개척하다]

이미 백신 접종률이 90%를 넘어섰다.

공급이 수요를 넘어선 것이다.

거기엔 한국과 SSL 바이오의 역할이 결정적이었다. 그럼에도 불구하고 백신 접종을 거부하는 자들로 인해 더 이상 접종률은 오르지 않을 것으로 분석되었다.

하루에 수만 수십만의 확진자가 나오던 미국이나 유럽도 눈에 띄게 확진이 줄어들면서 집단 면역의 징조가 보였다.

문제는 이런 와중에도 접종을 거부하는 자들로 인해 바이러스와의 전쟁이 끝나지 않고 있다는 점이었다. 일부 국가는 법으로 규정해 강제성을 띠는데도 말리질 못했다.

변이에 변이가 중복되면서 항체가 형성된 사람도 감염이 불쑥 일어나고 치사율이 더 높아졌음에도 끝까지 자유와 인간의 존엄성을 주장하는 이들로 인해 전쟁은 끝나지 않았다.

그러던 차에 SSL이 내놓은 치료제가 대박이었다.

"바이러스 계통 만병통치약이라는 소문이 나서 큰일입니다."

"어차피 투약은 모두 추적이 되잖아?"

"그렇긴 한데, 어제 도난 사고가 터졌습니다. 암거래된 3회분 치료제가 얼마에 팔린 지 아십니까?"

"듣고 싶지 않은데."

"그래도 아셔야 합니다. 무려 30만 달러입니다. 한국 돈으로 회당 1억 원 이상을 지불하고도 지긋지긋한 바이러스로부터 자유로워지고 싶은 겁니다."

치료제를 연구하기 위해 소이치로가 직접 나섰다.

그런데 과학적으로는 검증이 되질 않았다. 다만 가장 원시적인 방법이 효과를 발휘했는데, 그건 바로 소 대표의 피였다.

모든 동물의 몸에 존재하는 혈액은 신체 곳곳에 영양과 산소 등의 각종 물질들을 전달해 주는 액체 상태의 물질이다.

구성은 크게 혈구와 혈장으로 나뉘고 흔히 아는 적혈구, 백혈구, 혈소판 등의 성분이 혈구이며 혈액의 45%를 차지한다.

그 혈구들이 바이러스만 만나면 마치 폭군처럼 달려들어 박살을 내 버렸다. 헌혈도 하는 마당에 피를 한 사발 내준 것이 전부였다.

* * *

"아들이야! 아들!"

워낙 거짓말 같은 위기를 겪고 있어 내놓고 말하지는 못했으나 그간에 아주 좋은 일도 있었다.

그건 바로 연이채가 아이를 가진 것이었다.

결혼부터 서둘러야 했지만 그러질 못했다. 모두의 축복 속에 성대하게 혼인식을 치르고 싶은 그녀의 바람 때문이었다.

그래도 법적 절차는 정리했고 바이러스와의 전쟁이 끝날 무렵, 손자의 출산을 보러 나오미 여사가 직접 태국에 날아왔다.

드디어 아유카와 가문의 대를 이을 아들을 낳았다며 지친 연이채를 포근하게 안아 주는 광경은 정말 푸근했다.

그리고 성대한 결혼식을 열었다.

"축하해. 매제."

"고맙습니다. 형님."

"한국에서도 식을 다시 한 번 올린다면서?"

"네. 그래서 청첩장을 돌리지 않았는데 뭐 이렇게 직접 일본까지 건너오셨습니까?"

"겸사겸사. 결혼식 끝나고 나한테 더도 말고 5분만 내줘."

"알겠습니다. 흐흐흐."

결혼식은 나고야 아유카와 가문의 본가에서 치렀다.

전통이 서린 가문의 신사 앞 정원은 축구장보다 컸지만 발 디딜 틈이 없을 정도로 많은 하객이 몰려와 축하했다.

재계는 물론 정계 인사들도 빠지질 않았는데, 얼마 전 연립내각의 총리로 지명된 인본민주당 대표, 다쿠야도 빠질 수 없었다.

30대 총리가 등장한 것은 변화를 바라는 일본 국민들의 절대적인 지지가 반영된 혁명이었다. 그의 배후에 존경 받는 기업인이며 수많은 국가 정상들로부터 축전을 받은 소이치로가 있었기 때문이라는 것은 더 이상 비밀도 아니었다.

* * *

코비드19는 세계인을 충격에 빠뜨린 역사적인 사건이었다.

인류가 멸망할 수도 있다는 거대한 공포를 느꼈기에 그 후 인간은 자연 앞에 겸손해져야 하며 공공의 삶에 위협이 되는 것들에 대한 과감한 규제가 이뤄졌다.

과학이라는 이름 아래 인류을 저버리는 그 어떤 행위도 용납되지 않았고, 자연을 파괴하고 인류의 생존을 위협하는 무분별한 개발도 자제하는 방향으로 선회했다.

필요성을 알고 있었으나 진행이 더뎠던 자연친화적인 정책들이 인류의 가장 절실한 주제로 변모한 것이다.

"나 은퇴하고 싶습니다."

"네에?"

"그동안 할 만큼 했다고 생각하는데, 놔 주십시오."

"그래도 이제 추수할 일만 남았는데, 일은 안 하셔도 좋으니 그저 자리만 지켜 주십시오."

"아닙니다. 이젠 정말 가족과 함께하는 일상을 살고 싶습니다."

바이오에 이어 자동차도 대박을 터트렸다.

삼성과의 협업은 신기술에 날개를 달아 준 셈이 되었다.

또한 제반 사업들이 상상도 못 할 만큼 가파른 성장세를 보였다. SSL 로고가 주는 고객의 신뢰가 극에 달했기 때문이다.

미얀마 진출도 성공적이었고 캄보디아에 이어 친중국 성향이 강했던 라오스도 SSL이 최고라는 인식이 잡힌 것은 역시 팬데믹 상황에서의 헌신이 절대적인 영향을 미쳤다.

안보연대까지 성사되면서 방위 사업까지 줄줄이 노가 난 상황이었건만 소이치로는 홀연히 대표직에서 물러났다.

"일본이 마침내 한일 관계 개선을 위한 행보를 시작했습니다. 신임 총리가 국립 현충원을 찾아 헌화하고 무릎까지 꿇으며 사죄의 말을 아끼지 않았습니다."

"다행이네. 일본 반응은 어때?"

"수구 꼴통들의 적잖은 반발이 있지만 대다수 국민들은 받아들이는 분위기입니다. 제가 보기엔 마음에서 우러났다기보다는 한국을 이제 강자로 인식하는 것 같습니다."

"그래. 바뀔 것을 기대하기 힘든 사람들이지. 문제는 한국인들이 그걸 순순히 받아들일 수 있느냐는 거겠지."

장담하기 어려운 주제였다.

설사 진심이라고 하여도 용서는 그리 간단한 문제가 아니다. 미쓰비시가 결국 공중분해가 되고 사주 일가는 죗값을 치르는 등 공정과 정의가 살아나는 경향을 보였으나 공교롭게도 망국의 기운이 덮친 일본열도에 연이은 재해가 발생했다.

안 그래도 파산지경인 경제로 인해 혼란에 빠진 일본 사회가 더 큰 난관에 봉착하게 되었는데, 놀라운 일이 벌어졌다.

쳐다보지도 않을 것 같던 한국인들이 가장 먼저 손발을 걷어붙이고 지원하기 시작했고 정부도 구호의 손길을 내밀었다.

그러면서도 과거의 악행은 절대 용서할 수 없다고 말했으나 그게 바로 한국인들이다. 미운 정도 정이라고 하는.

* * *

"어떻게 집에 올 때마다 동생이 한 명씩 늘어나는 겁니까?"

"그래서 싫다는 거야?"

"아뇨. 부럽다는 겁니다. 아버지."

"이제 너도 할 만큼 했잖아. 더 얻은 명예도 없는 것 같은데, 이제 돌아와서 네가 물려받을 일을 배우는 게 어때?"

"동생들과 노는 것은 좋지만 그런 짐 떠맡길 생각은 꿈에도 하지 마세요. 발을 끊는 수가 있습니다."

"이런 못된 놈 같으니라고!"

"아빠! 저는요? 전 일하고 싶은데."

"그럼 소정이 넌, 실리완 이모한테 찰싹 달라붙어서 배워. 한 10년쯤 배우면 일 좀 하려나?"

"너무해요! 딸이라고 지금 차별하시는 거죠?"

"그럴 리가! 너 혹시 페미니스트냐?"

"아빠!"

매년 현우와 소정 아래로 동생이 생겼다.

행복한 대가족을 이뤘고 실리완과 따능도 다함께 살았다. 비록 한 이불을 덮을 수는 없지만 모두가 만족할 수 있는 길을 찾았고 소이치로는 그 운명을 받아들였다.

인생 1막에 못 다한 성공을 위해 줄곧 달렸으나 그 어떤 성취도 가족과 함께하는 것보다 소중하지 않음을 깨달았다.

그래서 과감히 떨치고 가족들과 소박한 일상에 흠뻑 빠져 하루하루를 보냈다. 혹자는 너무 무료하고 따분하지 않느냐고 묻지만 전혀 그렇지가 않았다.

또다시 과거와 같은 아픔은 겪고 싶지 않았기 때문이다.

가끔은 중요한 의사 결정에 참여하긴 했으나 소 대표가

없어도 SSL 그룹은 아주 잘 돌아갔다. 그게 다 덕을 쌓고 좋은 인연을 만난 결과였다.

"여보. 저도 이제 좀 쉬고 싶어요."

"보스. 우리도요!"

"안 돼! 애들이 다 커서 이어받을 때까지 자릴 지켜야지."

"정말 기가 막히네요. 보통 다른 집은 남자가 나가서 돈을 벌어 오고 여자는 살림을 하는 거잖아요."

"나보다 애들 잘 키울 자신 있어? 음식은 또 어떻고?"

"으이구! 그걸 지금 자랑이라고 하는 거예요? 사람 써서 하는 거 다 알고요. 요샌 맨날 골프장만 들락거린다던데요!"

"그야 나오미 여사가 불러서 어쩔 수 없이 나가는 거지. 그리고 요즘 깨달았는데, 나 원래 백수가 체질이었나 봐."

더 큰 꿈을 꿀 수도 있었다.

하지만 포기했다.

그 또한 사적인 욕심이라고 볼 수도 있기 때문이었다.

스스로 백수가 체질이라고 밝혔으나 기업 경영 일선에서 손을 뗀 소이치로가 마냥 놀고만 있는 것은 절대 아니었다.

오만한 패권주의에 침잠한 중국의 분열과 민주화, 고대

왕조나 다름없는 한반도 북녘 땅의 고민, 헐벗고 굶주린 후진국의 성장을 비롯해 사리사욕에 눈이 멀어 인의를 저버린 족속들의 응징, 그런 소소한 것들을 정리하는 것이 취미가 되었다.

홍익인간의 지고한 명제 아래, 인생 2막은 보이지 않는 착하고 헌신적인 손발이 되기로 마음을 고쳐먹었다.

〈'인생 2막, 섬나라 재벌로!' 완결〉

동아
COMMUNICATION
GROUP

동아

COMMUNICATION
GROUP

동아
COMMUNICATION
GROUP

동아
COMMUNICATION
GROUP